バレエ物語集

あこがれの代表作

10

ジェラルディン・マコックラン＝著
井辻朱美＝訳　ひらいたかこ＝絵

偕成社

バレエ物語集　もくじ

インディア・ホールのために

G・マコックラン

マイケル・ローゼンのために

そして、A・バレットに感謝をこめて

カバーデザイン　渋川育由
本文デザイン　田中明美

SWAN LAKE

白鳥の湖《みずうみ》

SWAN LAKE

[登場人物]

ジークフリート王子：母親からお妃選《きさきえら》びをするよういわれている青年《せいねん》。

オデット姫《ひめ》：美しい乙女《おとめ》。昼は白鳥、夜はひとの姿《すがた》にもどる魔法《まほう》にかけられている。

フォン・ロートバルト：よこしまな魔法使《まほうつか》い。

オディール：フォン・ロートバルトの娘《むすめ》。

[場面]

ジークフリート王子の誕生日《たんじょうび》お祝《いわ》いの場面《ばめん》から始まる。

明日《あす》は王子さまのお誕生日《たんじょうび》！　これからずっとお祝《いわ》いの日々《ひび》がつづきます。宴会《えんかい》につぐ宴会、山のような贈《おく》り物《もの》。はるか遠くまで、招待状《しょうたいじょう》をもった使者《ししゃ》が出かけてゆきました。「明日、お城《しろ》へおいでをたまわりますよう。ジークフリート王子は二十一歳《さい》になられ、ほどなく王位《おうい》を継《つ》がれることになります。」

お城の庭という庭には、はや多くの村人が花を手にあつまり、ジークフリート王子の晴《は》れの日を祝《いわ》って踊《おど》っています。

「おお、王子さまがおみえだ。」どっと喝采《かっさい》があがりました。「なんとうるわしいお姿《すがた》だ。きっとお似合《にあ》いの、うるわしいお妃《きさき》をおむかえになることだろうよ。」

「いったい、どなたを選《えら》ばれるのだろうな。」

「王子さまが？　お妃選びを？　まさか。王子さまは、お友だちとさっさと狩《か》りにいかれるのさ。」

そのとおりでした。母君《ははぎみ》の女王は、つねひごろ、そのことに頭をいためておられました。息子《むすこ》の狩《か》り好《ず》きはよくご存《ぞん》じです。弓《ゆみ》を、誕生日《たんじょうび》の贈《おく》り物《もの》になさったほどですから。しかし、そろそろお妃《きさき》を選《えら》び、結婚《けっこん》して、跡継《あとつ》ぎをもうけてもよいのではないでしょうか。母君《ははぎみ》は口をすっぱくして、そうすすめました。お城《しろ》には、愛《あい》らしい姫君《ひめぎみ》を何人もお呼《よ》びしています。

けれどジークフリート王子は、だれにも目をくれません。遊び仲間《なかま》をつれて、毎日のように森へ馬を飛《と》ばしてゆき、姫君がたは、母君とお茶をするしかありませんでした。

「ジークフリートや、うかれさわぎもけっこうですが、そろそろ人生《じんせい》をまじめに考えてほしいもの。お妃《きさき》を選《えら》ぶのです。ウォルフガングどの、そなたは王子の家庭教師《かていきょうし》、それをとっくりといいきかせておくれ。」

そういって、女王は出てゆかれましたが、王子はひとこともきいていません。もらったばかりの弓《ゆみ》を手にとり、ほれぼれとうちながめています。

「若《わか》よ、母君《ははぎみ》のおっしゃるとおりですじゃ。」ウォルフガング先生は、いかめしくいってきかせました。「うかれさわぎよりも大切《たいせつ》なことが、この世《よ》にはありますぞ。よくききわけてくだされ。明日《あした》の舞踏会《ぶとうかい》で、お心にかなう姫君《ひめぎみ》を選《えら》んで、お身《み》をかためられますよう。」

けれどもジークフリートは、先生のいうこともきいていませんでした。こんどは、空をわたる白鳥の群《む》れに、心をうばわれていたのです。「おお、白鳥がきたぞ。みなの者、弓矢《ゆみや》をためしにゆこう。」と声をあげました。「うまくゆけば、明日《あした》の舞踏会《ぶとうかい》の姫《ひめ》たちなぞより、ましなものが手に入るさ。つまり白鳥のあぶり肉《にく》というわけだ。」

こうして、若《わか》い狩人《かりゅうど》たちは、うちそろって森へ出かけてゆきました。しかし、木《こ》の間《ま》をぬって白鳥をさがすうちに、ほどなくはなればなれになってしまいました。

気がつくと、ジークフリートはたったひとりで湖《みずうみ》のほとりに出ていました。白鳥の群《む》れは湖面《こめん》におり、岸をさして泳いできます。大きな黒い足でぱたぱたと地面を歩き、子どもの白鳥たちは先をあらそうように走ってきました。最後《さいご》にあがってきた白鳥は、それまでのどの鳥よりも真《ま》っ白《しろ》で——目の迷《まよ》いでしょうか——金色の冠《かんむり》をかぶっていました。ジークフリートは弓《ゆみ》に矢をつがえました。

そのときです。このうえなくふしぎな光景《こうけい》が目にうつったのです。そのミルク色の白鳥が大きな翼《つばさ》をひろげ、長い首をたかだかと宙《ちゅう》にもたげますと、羽毛《うもう》も、大きな黒い足も、オレンジ色のくちばしも、そして翼も、なにもかもが——冠《かんむり》ひとつをのぞいて——雪がとけるように消《き》え失《う》せました。かわりに世《よ》にも美しい乙女《おとめ》が、白いドレスを膝近《ひざちか》くまでたくしあげながら、岸にあがってきました。つぎの瞬間《しゅんかん》、ほかの白鳥もいっせいに女の姿《すがた》に、そして小さい白鳥は子どもの姿に変《か》わりました。

ジークフリートの手から弓《ゆみ》が落ちる音に、女たちは、ぎくりとしました。

「こわがることはない。」王子は低《ひく》い声ではっきりといいました。「これは夢《ゆめ》かまぼろしか。おまえたちはいったい何者《なにもの》だ。」

冠《かんむり》をかぶった乙女《おとめ》は、かがやく黒い目であたりをみまわしました。「お気をつけて。フォン・ロートバルトがみはっております。油断《ゆだん》はなりませぬ。」けれどもジークフリートはまったく耳をかさずに、ねばり強《づよ》く、乙女から不幸《ふしあわ》せな身《み》の上《うえ》をききだしました。

白鳥の乙女《おとめ》の名はオデット――オデット姫《ひめ》――といい、はるかかなたの王国の生まれでした。オデット姫も、侍女《じじょ》たちや子どもたちも、みなおそろしい魔法《まほう》にとらえられていました。このようなよこしまな魔法を、姫君《ひめぎみ》にかけられるものは、フォン・ロートバルトしかいません。オデット姫《ひめ》もほかの乙女《おとめ》たちも、いまわしい呪《のろ》いをかけられたのです。

ものうき空に
飛《と》び去《さ》るべし
昼のあいだは
あわれな白鳥
夜の間《ま》のみは
愛《あい》らしき乙女《おとめ》
心ただしき明るさをもて
わが目を汚《けが》すことなかれ
これこそわしの誓《ちか》いゆえ
オデット姫《ひめ》はこの世《よ》から
とくとく忘《わす》れ去《さ》られよと

乙女《おとめ》たちがひとの姿《すがた》にもどる夜でさえ、よこしまなフォン・ロートバルトはフクロウに化《ば》けて、黄色いまなこを光らせ、みはりをつづけています。

「なんとか、そなたを救《すく》う手立《てだ》てはないのか。」オデット姫《ひめ》の物語を、ひと晩《ばん》じゅう

すわってきいていたジークフリート王子は、声を強くしていいました。

「あるとすれば、それは愛《あい》だけです。」悲しげに姫《ひめ》は答えました。

「ならば、そなたは救《すく》われるぞ。」それはほんとうでした。ジークフリートは、かがやく黒い目をみた瞬間《しゅんかん》から、この乙女《おとめ》に恋《こい》していたのでした。ひと晩《ばん》のうちに、その愛《あい》はどんどん大きくなってゆきました。「そなたを愛している。」と、王子は叫《さけ》びました。

「では、わたくしを永遠《えいえん》に愛すると誓《ちか》ってくださいますか。そこまでしてくださいますか。」

「もちろんだ。」王子は、ためらいなく、いいはなちました。

けれどもはやくも、木立《こだち》のあいだに夜明《よあ》けの光がひろがりはじめていました。オデットの体は王子からはなれ、魔法《まほう》の力で湖《みずうみ》のほうにひきもどされてゆきます。両《りょう》腕《うで》はこわばって翼《つばさ》の軸《じく》になってゆきます。

「明日《あした》、城《しろ》にきてくれ。わたしの誕生日《たんじょうび》の舞踏会《ぶとうかい》だ。そうしたら、そなたを伴侶《はんりょ》に選《えら》ぶから。」

どこかで、ぶきみなフクロウの鳴き声がしました。乳色《ちちいろ》の白鳥は愛《あい》らしい首をうなずかせ、ふわりと水面《みなも》にすべりでました。

「そうかんたんに、わしの魔法《まほう》をやぶれると思うのか。」フォン・ロートバルトのフクロウの声があざけるように笑《わら》い、その娘《むすめ》も声をあわせました。

意地悪《いじわる》で心のねじけたみにくい娘《むすめ》オディールは、鳥めいた、かんだかい笑い声をたててから、いいました。「父上《ちちうえ》、じゃまをしてくださいますわね。」オディールはむかしから、みめよい王子を気に入っていたので、オデットにとられるのはがまんがならなかったのです。

「いやいや。おまえみずからがやるがよい。わしは、魔法《まほう》でおまえの姿《すがた》を変《か》えてやろう。オデットそっくりになるのだ。ひと晩《ばん》じゅう王子と踊《おど》って、やつの愛《あい》の誓《ちか》いをだいなしにしてやれ。」魔法使《まほうつか》いはもう一度、フクロウめいた笑《わら》い声《ごえ》をひびかせました。

お城《しろ》には、リボンや絹《きぬ》の布《ぬの》が、きらびやかにひるがえっていました。黄色や黒や茶色の髪《かみ》の姫君《ひめぎみ》たちが、金色《きんいろ》、銀色《ぎんいろ》、はたまたガラスの馬車にのって到着《とうちゃく》し、ジークフリート王子にほほえみかけ、お祝《いわ》いを申《もう》しあげます（もちろん、ほんとうにお祝《いわ》いしたかったのは、自分がお妃《きさき》に選《えら》ばれることでしたが）。

「こちらはゾーエ姫《ひめ》じゃ。」女王はいいました。

「つぎなるはクロエ姫。」

「おつぎはクロチルダ姫。」

「そちらはマチルダ姫じゃ。」

「つぎはマリアナ姫、そしておつぎはタチアナ姫。」

けれどジークフリートは姫《ひめ》たちの肩《かた》ごしに、ひたすら扉《とびら》に目をやるばかりで、オデット姫の到着《とうちゃく》をまっていました。

そのときです！　真《ま》っ赤《か》なドレスの女性《じょせい》がすべるように舞踏会場《ぶとうかいじょう》に入ってきて、ヴェールをあげますと、そこにはオデット姫《ひめ》の黒い目、真《ま》っ白《しろ》な肌《はだ》、愛《あい》らしい赤い唇《くちびる》がみえました。ジークフリートはとんでいって、その姫に両腕《りょううで》をまわし、踊《おど》りはじめました。姫君《ひめぎみ》たち以外《いがい》のお客人《きゃくじん》はびっくりしながらも、王子の態度《たいど》が変《か》わったのをよろこんでいました。

でも王子はその黒い目の奥底《おくそこ》を、もっと深《ふか》くのぞきこめばよかったのです。

「わたくしを愛すると誓《ちか》ってくださいます？」オディールはいいました。

「ああ、もちろんだ。誓うとも。」

胸《むね》が張《は》りさけるような音をたてて、高いところの窓《まど》のガラスに割《わ》れ目《め》が入りました。

大きな白い翼《つばさ》でガラスをばたばたと打《う》ちたたき、オレンジ色のくちばしでガラスをつつき、また大きな黒い足でガラスを蹴《け》りつけているのは、ミルクのように白い鳥でした。

オデットが全力で体当《たいあ》たりすると、ガラスがくだけて、窓《まど》がひらきました。しかしその場にいた客のひとり、大きな黄色い目をした男が、フクロウめいた笑《わら》い声《ごえ》をたてて、バタンと窓をしめました。

「未来永劫《みらいえいごう》にですの？　さあ、誓《ちか》って。」

「未来永劫に、誓う。」とジークフリート。

「これで花嫁《はなよめ》は決まったな。おぬしはわが娘《むすめ》オディールに不滅《ふめつ》の愛《あい》を誓ったのだ。」

フォン・ロートバルトがいいました。

「オディールだと？」

「まことにめでたいな。婿《むこ》どの。」

ジークフリートは、はっと顔をあげ、フォン・ロートバルトの姿《すがた》と、そのむこうでガラスに身を打《う》ちつけたあげく、ぼろぼろになった白鳥の姿《すがた》をみました。

「いくぞ、娘《むすめ》。もう用事はすんだ。」

「やらぬ。」王子は叫《さけ》びました。けれど剣《けん》をぬいて、魔法使《まほうつか》いに突進《とっしん》したとき、広間《ひろま》は煙《けむり》と雷鳴《らいめい》でいっぱいになりました。

「なんと？　そのちゃちな剣で、わしほどの大魔王《だいまおう》をたおせると思うのか。」フォン・ロートバルトの大音声《だいおんじょう》がとどろきます。

風がひゅうっと鳴り、ぜんぶの窓《まど》がひらきました。それから、魔法使《まほうつか》いのすさまじい笑《わら》い声《ごえ》にあおられるかのように、白鳥の姿《すがた》は雷鳴《らいめい》とどろく暗い空を飛《と》ばされ、木々《きぎ》を越《こ》えて、湖《みずうみ》のほうへと流されていったのです。

こうして昼が終わりました。陽《ひ》が沈《しず》み、オデットは人間にもどりました。しかしそれとひきかえに、すべての望《のぞ》みも夢《ゆめ》もうしなわれました。髪《かみ》をふりみだし、服は裂《さ》け、両手はガラスに傷《きず》ついて血《ち》を流しながら、森のなかをやってくるオデットを、お供《とも》の女たちがみつけました。そして、ジークフリートが呪《のろ》いをやぶれなかったのだとさとりました。自分たちは、これからもずっと、昼は白鳥、夜は女の姿《すがた》で暮《く》らさねばならないのだと。

「あのひとは、わたくしを忘《わす》れたのよ！　わたくしを！　こんなにも早く！　オディールと踊《おど》って、オディールに愛《あい》を誓《ちか》ったわ！　オディールを花嫁《はなよめ》に選《えら》んだのよ。」

オデットはみなのまえを走りすぎ、湖《みずうみ》のほとりに駆《か》けつけると、身《み》を投《な》げようとしました。

「姫《ひめ》さま、おまちを！　なにをなさいます？」いまは白鳥でなくなっていることを忘《わす》れたのではないかと、みなは思ったのでした。

「まてないわ。おぼれ死ぬのは、人間の体のときしかできないもの。」

「おぼれ死ぬですって。とんでもない。」みなは姫《ひめ》を岸からひきはなしましたが、なぐさめの言葉がみつかりません。

いっぽうジークフリート王子は、「あのひとをみつける。ちゃんと話をするぞ。わたしはあざむかれたのだ。」と叫《さけ》びながら、雨の森のなかを走っていました。

雨はみぞれに、やがて雪に変《か》わりました。風はほえたけり、木々《きぎ》がまわりでバキバキとたおれます。フォン・ロートバルトの魔法《まほう》がはたらいて、王子をオデットのもとへいかせまいとしているのでした。けれども王子は打《う》ちつける枝《えだ》をかいくぐって、はげしい雨に顔をふせながら、湖《みずうみ》をめざして必死《ひっし》に足をうごかしました。「オデット！　すまなかった。オデット！　ゆるしてくれ。」

オデットの耳に、その声がとどきました。逃《に》げようとした姫《ひめ》を、王子は両腕《りょううで》で抱《だ》きすくめました。「ゆるしてくれ、オデット。悪者《わるもの》のロートバルトにたばかられたのだ。魔法《まほう》であざむかれた。この目《め》をくらまされ、手おくれになるまで、そなたが目に入らなかった。しかし、わたしのまことの気持ちはくらまされぬ。愛《あい》するのはオディールではなく、そなただ。永遠《えいえん》に愛するのはそなただ。」

オデットは、もちろん王子をゆるしました。でも目には涙《なみだ》があふれ、心は悲《かな》しみでいっぱいでした。「ジークフリート、愛《あい》していますわ。でも、もうとりかえしはつきません。あなたはお約束《やくそく》をなさった。わたくしも、供《とも》の者たちも、永遠《えいえん》に、昼は白鳥、夜は人間として、すごさねばなりません。あなたのお妃《きさき》はオディールですもの。」

「そのとおりじゃ。」ガラガラと雷《かみなり》がとどろくと、フォン・ロートバルトが姿《すがた》をあらわし、稲光《いなびかり》のような笑《わら》い声《ごえ》をあげました。「おまえらは、わが娘《むすめ》が王妃《おうひ》となる国で、永遠《えいえん》にわしのとりこのまま暮《く》らすのだ。白鳥の娘らよ、もうじき夜が明《あ》ける。白い羽《は》根《ね》をくちばしでつくろい、黒い足で歩き、教えたとおりに水草《みずくさ》をくらって生きるがよかろう。」白鳥の娘《むすめ》たちはおそろしさにすすり泣《な》きながら、その場から逃《に》げてゆきました。

けれどもオデットは、王子にぴったりよりそったままでした。「おお、ジークフ

リート、最初《さいしょ》にわたくしをみたとき、弓《ゆみ》で射殺《いころ》してくだされればよかったのに。もう、あなたなしでは生きてゆけません。」

「わたしも同じだ。」王子もささやきます。「はなればなれに生きるくらいなら、ともに死《し》のう。」

フォン・ロートバルトがそれをききつけました。よこしまな魂《たましい》に、その言葉はぐさりと突《つ》き刺《さ》さりました。「ならん。それだけはならん。」

でも、ふたりはきいていませんでした。オデット姫《ひめ》とジークフリート王子はひたとみつめあったまま、湖《みずうみ》に飛《と》びこみ、冷《つめ》たい水がその上におおいかぶさってゆきました。

その瞬間《しゅんかん》、フォン・ロートバルトのすべての魔力《まりょく》が、体のなかで、すさまじく焼《や》けただれ、凍《こお》り、最後《さいご》に爆発《ばくはつ》しました。魔法使《まほうつか》いはばったりとその場にたおれ、息をひきとりました。

白鳥だった娘《むすめ》たち、おびえた子どもたちは、気づいてみると、足首までの水のなかに立っており、まわりには落ちた羽根《はね》がういていました。魔法《まほう》がやぶれたのです。

湖《みずうみ》の上に夜が明けていきました。朝日が水面《みなも》におどります。そして光の織《お》りなすあらたな魔法《まほう》の世界《せかい》のなか、大地と天空《てんくう》のあいだには、ジークフリート王子とオデット姫《ひめ》の姿《すがた》がうかんで、手をとりあいながら永遠《えいえん》の時間を踊《おど》りつづけていました。ふたりの愛《あい》は、死神《しにがみ》すらさまたげられないほど大きかったのです。ふたりは、こうして死神の手を逃《のが》れ、終わりのない幸《しあわ》せの世界で生きることになったのでした。

COPPELIA

コッペリア

COPPELIA

［登場人物］

スワニルダ：フランツの恋人《こいびと》の少女。

フランツ：スワニルダの恋人だが、コッペリアに心惹《こころひ》かれる。

コッペリウス：気むずかしい老博士《ろうはかせ》。

コッペリア：コッペリウス博士の家のバルコニーにすわっている愛《あい》らしい少女。

［場面］

ある街《まち》の広場、コッペリウス博士《はかせ》の家のバルコニーに美しい少女がすわっている。

大公殿下《たいこうでんか》の贈《おく》り物《もの》のうわさで、街《まち》はもちきりでした。公会堂《こうかいどう》に新しい鐘《かね》がとりつけられ、街じゅうに楽しい音楽があふれることになるとやら。なんと気前《きまえ》のよい贈り物でしょう。さらに市長はこれを記念《きねん》して、最初《さいしょ》に鐘を鳴らす日に結婚《けっこん》する男女には、金貨《きんか》をひと袋《ふくろ》だす、と発表しました。「わしの恩恵《おんけい》にあずかりたいものはおるかな。」市長は広場に立ち、皆《みな》の衆《しゅう》にみえるように袋をかかげて、声を張《は》りあげました。

「スワニルダとフランツだ。きっとあのふたりは結婚《けっこん》するよ。」

「ああ、そうかもしれないな。スワニルダとフランツか。あんなにお似合《にあ》いのふたりもないよ。」

「うわさをすれば、ふたりがきたぞ。」

フランツはみんなに笑顔《えがお》をむけ、スワニルダは愛《あい》らしく顔をそめて、ほてったほおをフランツの袖《そで》におしつけました。そして、自分のうわさから話をそらせようと、「コッペリウスさんはどうかしら。ほら、かわいらしい恋人《こいびと》ができたって話じゃない？」といいました。

「コッペリウス博士《はかせ》に？　ははは。まさか、そんなはずはないだろう。」

街《まち》のひとたちの笑《わら》い声《ごえ》が、博士の住むひょろ長い家をのぼってゆき、バルコニーの上のとじた鎧戸《よろいど》から、暗い部屋のなかへ流れこみます。そこは博士の寝泊《ねと》まりする部屋で、仕事場《しごとば》でもありました。笑い声は、博士の耳にも入りました。でも、もう、からかわれるのには慣《な》れていました。人間は、自分が理解《りかい》できないものをばかにして笑《わら》います。そして、えてして若者《わかもの》は、老人《ろうじん》を笑いものにするのです。

けれど、あれこれのうわさにしてはいても、だれもコッペリウスのことをわかっていませんでした。ひょろ長い家のとじた鎧戸《よろいど》のなかで、博士《はかせ》がなにをしているのか。博士の陰気《いんき》な黒い服装《ふくそう》を、近所のひとたちはぶきみに思い、かんしゃくをおそれて近よらないようにしていました。

だからだれも面《めん》とむかって、たずねることはしませんでした。博士《はかせ》のバルコニーにすわって本を読んでいる、愛《あい》らしい少女がいったいだれなのかを。泊《と》まりにきたお客さんなのか、それとも親戚《しんせき》なのか。博士は、自分しか知らない、あまくてここちよい秘密《ひみつ》に、ひとりほくそえみました。

もちろんその少女の姿《すがた》は、若者《わかもの》たちの興味《きょうみ》をそそりました。フランツは少女をみる

なり、目がはなせなくなりました。手をふって、「ごきげんよう。」と声をかけました。でも、少女は本から目をあげません。

「あの子、あんたに興味《きょうみ》がないのよ。」スワニルダは、つんとしていいました。「あんたのほうが大ありなのは、だれがみたってわかるけど。どうせ、あたしより、あの子のことが気になるのね。」と、足をふみならして、わっと泣《な》きだしました。気《き》の毒《どく》なことに、フランツはバルコニーの少女にすっかりみとれていて、それにも気がつきません。

「あれじゃあ、市長の金貨《きんか》の袋《ふくろ》もむりかもしれないねえ。」広場にいるひとたちはいいました。「どうやらフランツのやつ、スワニルダよりいい娘《むすめ》をみつけたらしい。」

陽《ひ》がくれると、コッペリウス博士《はかせ》が出てきて、少女を部屋のなかに入れました。街《まち》じゅうの若《わか》い男女は街の広場で踊《おど》っていましたが、その少女が出てきて、そこに加《くわ》わるようすはありません。スワニルダもふてくされて、どこかへいってしまいました。残《のこ》ったフランツのほうは仲間《なかま》とふざけあいながら、ちょっとお酒《さけ》をすごしてしまったようです。

コッペリウス博士《はかせ》は玄関《げんかん》の扉《とびら》を大きな真鍮《しんちゅう》の鍵《かぎ》でしめ、晩《ばん》ごはんを食べにでかけました。にぎやかな音楽が耳にさわり、頭のなかの計算をじゃまします。道で踊《おど》っているものたちは、わざと博士《はかせ》にぶつかったり、つきあたったりしました。「けしからん若造《わかぞう》め。礼儀《れいぎ》も作法《さほう》も知らんのか。」博士が文句《もんく》をいうと、若者《わかもの》たちはもっとけしからぬふるまいにおよびました。わざと肩《かた》をぶつけてきて、博士の体をくるりとまわしたり、足をひっかけたりし、とうとう博士は鍵《かぎ》を落としてしまいました。ふざけている連中《れんちゅう》のなかに、フランツもいました。スワニルダがこの場にいたら、けっしてそんなことはさせなかったでしょう。でも、フランツは、スワニルダのことなど頭から消《け》し飛《と》んでいるようでした。

すぐあとで、スワニルダが少女たちをつれてもどってきて、男はひどい、フランツなんて最低《さいてい》、といいちらしました。そのとき、みぞのなかになにかをみつけました。

「あらっ、鍵《かぎ》だわ。」

「ずいぶん大きいのね。」

「お城《しろ》の鍵みたい。」

「博士《はかせ》の玄関《げんかん》の外に落ちてたんだから、きっと博士のよ。」とスワニルダ。そして大《だい》胆不敵《たんふてき》にも、その鍵を鍵穴《かぎあな》にさしこんでまわしました。「ほら、どう。いったとおり

でしょ。」

「だめよ、なかに入っちゃ。」少女たちが止めました。

「どうして? だれもいないのよ。いまさっき、コッペリウスさんがカフェに入るところを、みたばかりだし。」

「あのかわいい女の子は?」

「きっと寝《ね》てるのよ——でなきゃ、踊《おど》りに出てくるでしょ。ね、ちょっとのぞいてみようよ。」

「スワニルダ、あんたって、ずうずうしくない?」

それでも少女たちは、小さく笑《わら》いながら、おたがいのうしろにかくれるようにして、そわそわと階段《かいだん》をのぼっていきました。上の階のなぞの部屋には、まだ灯《ひ》がついています。少女たちはスワニルダを先頭《せんとう》にして、広い仕事場に入りましたが、そのとたんに口をぽかんとあけて、あたりをみまわしました。「すごいわ。うそみたい。コッペリウスさんって、おもちゃを作るひとだったのね。」

天井《てんじょう》から床《ゆか》まで、どの壁《かべ》にもびっしりと、そして垂木《たるき》からも、いろいろなおもちゃが百あまりもぶらさがっています。機械《きかい》じかけのネズミや、木彫《きぼ》りのあやつり人形《にんぎょう》、やわらかな布人形《ぬのにんぎょう》や、びっくり箱《ばこ》、それにメンドリ、キツネ、カッコウ時計、ときを告《つ》げるオンドリなどのからくりのほか、大きな柳細工《やなぎざいく》の籠《かご》がずらりとならんでいます。

「これ、ぜんぶ、機械《きかい》じかけのおもちゃよ。そうなんだわ。」スワニルダが叫《さけ》びました。

さっそく少女たちはねじをまいて、スイッチを入れ、驚《おどろ》いたりこわがったり、きゃあきゃあと大さわぎになり、そのうち部屋じゅうのものが、みんなうごきだしました。機械《きかい》じかけの兵隊《へいたい》が列をつくって行進《こうしん》し、ネコがみんなの足もとを走りまわり、妖精《ようせい》がくるくるまわり、小鳥がさえずります。たいへんなさわぎですが――おもしろすぎてやめられません。いたずらは、いったんはずみがつくと、どんどん歯止《はど》めがきかなくなるものです。

スワニルダは籠《かご》のひとつをのぞいて、ぎょっとして飛《と》びのきました。悲鳴《ひめい》は、すぐに笑《わら》い声《ごえ》にかわります。

「みてよ。」と、ひっぱりだしたのは髪《かみ》の毛《け》のたばでした。「これが、コッペリウスさんの恋人《こいびと》よ。フランツが目をはなせなかったのは、この子だわ。なんだ、ただの人形《にんぎょう》じゃないの。ふざけてるわ。フランツとはさぞお似合《にあ》いでしょうね。頭の中身《なかみ》がからっぽな者同士《ものどうし》だもの。」

少女たちはけたたましく笑《わら》いあっていましたが、そのとき、ゴトンゴトンという、なにか重いものが通りをひきずられてくる音が、耳に入りました。バルコニーの手すりが、ガツンと音をたて、なにかが窓《まど》にぶつかりながらのぼってくるようです。

「ちょっと。あれ、なんの音？　だれかくるわ。」

「早く。」

「かくれて。」

「ここから逃《に》げるのよ。」

「博士《はかせ》だわ。」

少女たちは、大あわてで逃《に》げまどいました。

でも、それはコッペリウス博士ではありませんでした。フランツです。はしごをもってきて灯《ひ》のついた部屋にのぼり、自分に手をふらず、みむきもしてくれなかったあの少女がだれなのかを、自分でたしかめようと思ったのです。

フランツは、博士《はかせ》の驚《おどろ》くべき仕事場に入りこみました。さっきの少女たちと同じく、コッペリウス博士の作ったおもちゃに目をまるくします。機械《きかい》じかけの鳥のとまっている枝《えだ》から檻《おり》へ、カッコウ時計からびっくり箱《ばこ》へと目をうつしながら歩いてゆきまし

たが、めあての少女はみあたりません。おまけに、五歩くらい先に体をまるめてかくれているスワニルダにも、気がつきませんでした。
さて老博士《ろうはかせ》は晩《ばん》ごはんを終《お》えて、深くもの思いに沈《しず》みながら、杖《つえ》をついてとぼとぼと帰ってきました。博士は、長いことひとつの夢《ゆめ》をみつづけてきました。食事をするときも、ものを作っているときも、固《かた》いベッドで眠《ねむ》れぬ夜をすごしていたときも、その夢をみていました。すこしずつ、その夢が博士《はかせ》の頭をしめ、心をとりこにし、ほかのいっさいの喜《よろこ》びをうばってしまいました。世間《せけん》では気むずかしい隠者《いんじゃ》なのだと思われているのですが、博士の心の奥深《おくふか》くには、大きな喜《よろこ》びがおとずれようとしていました。コッペリアが完成《かんせい》したのです。
最高《さいこう》の技術《ぎじゅつ》と、最高の材料《ざいりょう》をそそぎこんで、博士《はかせ》はコッペリアをこしらえました。美しい顔を彫刻《ちょうこく》しているうちに、いつしか、その顔にむかってささやきかけ、なでさすり、愛《あい》しさえするようになっていきました。あとは、人形《にんぎょう》に生命《せいめい》をあたえるだけです。ある魔術師《まじゅつし》がそのやり方を教えてくれました。杖《つえ》の頭をにぎる博士《はかせ》の手はふるえていました。あの魔術師がいったことはほんとうだろうか。ほんとうにうまくいくのだろうか。

コッペリアが生きて息をする女性《じょせい》になるための、肝心《かんじん》かなめの材料《ざいりょう》はいったいどこで手に入るのだろう。わしもはじめて、心やさしい妻《つま》がほしいと思うようになったのだが、コッペリアは、その妻になってくれるだろうか。

おや。玄関《げんかん》の扉《とびら》がひらいているぞ。わしのおもちゃ部屋にどろぼうが入ったのか。それとも強盗《ごうとう》か。わしのコッペリアがひとりきりでいる家に！　恐怖《きょうふ》と怒《いか》りにかられて、博士《はかせ》は杖《つえ》を使いながら階段《かいだん》を駆《か》けあがり、仕事場に飛《と》びこみました。

そこにいたのは、なんとフランツでした。

「こいつ、どろぼうめ。ぶちのめして、警察《けいさつ》にひきわたしてやる。」博士は叫《さけ》んで、杖《つえ》をふりあげ、フランツを部屋の隅《すみ》に追いつめました。「覚悟《かくご》しろよ！　思い知れ！」

「ごめんなさい、博士《はかせ》。まったくそんなつもりは……ぼくはただ……。」

「なんだと。なにをぐだぐだいっておる。いやまて、おまえの気持ちもわかる。警察《けいさつ》はやめよう。」フランツが驚《おどろ》いたことに、コッペリウスはそういったのです。「ここには、めったに客もこぬ。わしはさびしい老人《ろうじん》じゃ。友だちもおらん。いっしょにコーヒーを飲《の》む相手もない。若《わか》いひとと会うのも久《ひさ》しぶりじゃ。椅子《いす》をもってくるがよい。すわって、くつろぎなされ。きみの名は……。」

「フ、フランツです。」この幸運《こううん》が信《しん》じられずに、フランツは腰《こし》をおろし、コッペリウスがそまつなお盆《ぼん》にのせてだしてくれたコーヒーを飲《の》みました。飲むと、たちまちこっくりこっくりしはじめ、眠《ねむ》りにおちました。コーヒーを飲んだのが、大きなまちがいでした。

「さてこそ、チャンスじゃ。」コッペリウスはしわがれ声をあげました。「長年《ながねん》、このときをまっていたのじゃ。どこで最後《さいご》の材料《ざいりょう》を手に入れられるか、何週間も考えこんでおった。この考えなしの若造《わかぞう》は飛《と》んで火にいる夏の虫じゃ。勝手《かって》にしのびこんで、わしのものをあさりまわったのだ。これぞ天のたすけ！　こいつの生命力《せいめいりょく》が、わしのかわいい人形《にんぎょう》に命をあたえてくれるぞ。ついにやった！　わしのコッペリアよ。いとしい娘《むすめ》、どこにおる？」

博士《はかせ》は、一服盛《いっぷくも》られて眠《ねむ》っているフランツの体を、だいじな芸術品《げいじゅつひん》をしまってある籠《かご》の上に寝《ね》かせました。それから、いやなにおいのする錬金術《れんきんじゅつ》のわざと、火花をあげる化学薬品《かがくやくひん》と、呪文《じゅもん》をくみあわせて、いまわしい魔法《まほう》をかけました。

フランツを布人形《ぬのにんぎょう》のようにごろりと転《ころ》がし落《お》とすと、博士は籠《かご》のふたをぱっとあけました。「さあ、目ざめよ、コッペリア！」

なんということでしょう。籠《かご》から人形《にんぎょう》が立ちあがったのです。どんな姫君《ひめぎみ》よりも愛《あい》らしい人形は、踊《おど》りはじめました。最初《さいしょ》はすこしぎごちない、人形らしい踊り方でしたが、だんだん動きがしなやかになり、やわらかくなってゆきます。世界《せかい》じゅうのどんな踊りも知りつくしているかのように、らくらくと踊りつづけました。踊りだした人形は、もうだれにも止められません。くるくるまわされた博士《はかせ》は目がくらんでしまいました。人形《にんぎょう》はフランツをみつけると、いっしょに踊《おど》ろうというふうにゆさぶります。

なんということでしょう。フランツはうめいておきあがり、身動きすると、よろよろ歩きだしました。

「おお、わが愛《いと》しのコッペリア！」

人形《にんぎょう》がぱっとふりかえりましたが、博士《はかせ》が声をかけた相手《あいて》はその人形ではありませんでした。博士は、自分の愛《あい》らしい人形が、かつらをはがれ、ドレスもぬがされて、戸棚《とだな》におしこまれているのをみつけたのです。

「だれがおまえをこんな目に？　おまえがそこにいるということは……こやつはだれだ？」

「あくどい魔法使《まほうつか》いめ、ここにいるのはスワニルダさ。」フランツが笑《わら》いました。「かわいくてかしこい、ぼくのスワニルダが、あんたを罠《わな》にかけたんだ。」

「フランツの生命力《せいめいりょく》をぬすんで、ばかな人形《にんぎょう》に命《いのち》をあたえようとしたなんて。たいした悪党《あくとう》ね。」スワニルダはあざけって、かつらをぬぎました。「明日《あした》になったら、あんたは街《まち》じゅうの笑《わら》いものよ。当然《とうぜん》のむくいだわ。」

しかしコッペリウス博士《はかせ》は、こわれてしまったあわれな人形《にんぎょう》を抱《だ》きしめ、すすり泣《な》くばかりでした。「コッペリア。おまえに命《いのち》がやどったのではなかったのか。かわいそうに。こんなひどい目にあわされて。」

いまのおそろしい事件《じけん》で、フランツは、すっかり心を入れかえました。もうほかの娘《むすめ》には目もくれないつもりです。そして、コッペリウスをだましたスワニルダの機転《きてん》に大《おお》いに感心《かんしん》して、すぐにも結婚《けっこん》したいと思いました。

翌日《よくじつ》、街《まち》は笑《わら》い声《ごえ》につつまれました。フランツとスワニルダが結婚し、お祝《いわ》いとして、市長から金貨《きんか》の袋《ふくろ》をもらうという知らせがひろまったのです。

街の人びとは、老博士《ろうはかせ》がよろよろと階段《かいだん》をおりてきて、足もとの砂利《じゃり》に目をおとしながら、広場をよこぎってくる姿《すがた》をみて、笑《わら》いはやしました。博士の作ったおもちゃ

の多くは、少女たちが乱暴《らんぼう》にあつかったのでこわれてしまいました。そして人形《にんぎょう》に生《せい》命《めい》をあたえるという夢《ゆめ》も、むなしくついえたのです。

「野蛮人《やばんじん》！　どろぼう！　ひとでなし！」博士《はかせ》は、日曜日の晴《は》れ着《ぎ》に身をかざり、笑《わら》いをおしかくしながら踊《おど》りまわっている若《わか》い男女にむかって、声をあげました。

「人間《ひと》ひとりが一生《いっしょう》をかけた夢《ゆめ》も——おまえたちはたったの五分、笑いのめして終《お》わりにするのだな。」

「それはちがう。金貨《きんか》の袋《ふくろ》はあなたにさしあげる。」フランツが気前《きまえ》よくいいました。

「ぼくのスワニルダには、金貨の袋以上《いじょう》の値打《ねう》ちがある。今日《きょう》はみんなで幸《しあわ》せになろうじゃないか。世界《せかい》じゅうのみんなで。」そのとき公会堂《こうかいどう》の新しい鐘《かね》が鳴りだし、幸せな音楽を街《まち》じゅうにふりこぼしました。

けれども袋《ふくろ》のなかの金貨《きんか》は、老《ろう》コッペリウスが、命《いのち》を得《え》た人形《にんぎょう》といっしょに踊《おど》ったと思ったときのコッペリアの髪《かみ》ほどかがやかしくはなく、またそのときのコッペリアのほおほどのぬくもりも、もっていませんでした。お金ではぜったいに買えないものも、この世《よ》にはあるのでした。

GISELE

ジゼル

GISELE

[登場人物]

ミルタ：若《わか》い娘《むすめ》の幽霊《ゆうれい》・ウィリーたちの女王。

ジゼル：新しくウィリーとなった娘。

アルブレヒト：大公《たいこう》。身分《みぶん》と許嫁《いいなづけ》がいることをジゼルにかくしていた。

ヒラリオン：森番《もりばん》。ジゼルを愛《あい》していた。

[場面]

村娘《むらむすめ》ジゼルは、身分《みぶん》をかくした大公《たいこう》と恋《こい》におちるが、裏切《うらぎ》られたと思い死んでしまう。

ご用心《ようじん》！　森の深《ふか》みや暗い湖《みずうみ》の岸《きし》には、妖《あや》しいものがすむといいます。真夜中《まよなか》すぎたら、そこはウィリーの群《む》れが踊《おど》る場所。ウィリーをみたら、もうおしまい。ウィリーの踊りをみるのは、死者《ししゃ》だけですから。

ウィリーとは若《わか》い娘《むすめ》の幽霊《ゆうれい》で、だれもが生前《せいぜん》に同じような運命《うんめい》をたどっていました。不実《ふじつ》な男に愛《あい》されて、結婚《けっこん》の約束《やくそく》をしたものの、婚礼《こんれい》のまえに捨《す》てられたのです。心がはりさけた娘たちは、早すぎる死の墓《はか》から飛《と》びだして、真夜中《まよなか》すぎて夜が明けるまで、ひたすら月下《げっか》で踊《おど》りまわり、せめて心のうさを晴《は》らすのでした。

ある夜のこと、ウィリーたちの守護者《しゅごしゃ》、女王ミルタは、新しい娘《むすめ》の霊《れい》をみつけ、配《はい》下《か》のウィリーの群《む》れにまねきいれました。

「みんな、この娘《こ》はジゼルだよ。大公《たいこう》を愛して裏切《うらぎ》られた娘《むすめ》。」

掘《ほ》りかえしたばかりの土がもぞもぞうごき、もちあがると、お墓《はか》のなかからジゼルが出てきました。ヴェールをかぶり、ウィリーらしく白いうす衣《ぎぬ》をまとって、うつろな悲しい目であたりをみまわします。「おまえの話をきかせなさい。」女王は、いかめしい笑《え》みをむけていいました。ウィリーたちも、自分たちと同じ目にあった不幸《ふこう》な娘《むすめ》をひとりでも多く仲間《なかま》に入れようと、ジゼルをとりまきました。

ジゼルはたんたんと語りだしました。「わたしは、ふたりの男のひとに愛《あい》されました。最初《さいしょ》に森番《もりばん》ヒラリオン、それから……それから……。」

「大公《たいこう》アルブレヒトだね。」女王は、遠慮《えんりょ》なく、その名を口にだしました。

「あのひとは、自分が大公だとは教えてくれませんでした。農民《のうみん》だといいました。そしてバチルド姫《ひめ》と婚約《こんやく》していることも、かくしていました。ただ、わたしのことを全《ぜん》身全霊《しんぜんれい》をかけて、愛《あい》していると。」

ウィリーたちが低《ひく》く妖《あや》しい声でうめくと、森の木の葉がざわめいて、頭上の枝《えだ》からホーホーとフクロウの声がひびきました。

「ヒラリオンはねたんだのです。」と、ジゼルは言葉をつぎました。「たぶん、わたしをとりもどしたかったのでしょう。だから、とくとくとして、わたしに真実《しんじつ》を告《つ》げました。アルブレヒトの黄金《おうごん》の太刀《たち》までもちだしてきて、このお方《かた》はうそつきだと。アルブレヒト。わたしのいいなずけ。いとしいひと。」

ウィリーたちが深いため息をつくとともに、枯葉《かれは》が森の地面をころがっていきま

ジゼル

GISELE

した。

「ヒラリオンのいったことは、ほんとうですかと、わたしは彼《かれ》を問《と》いつめました。彼は否定《ひてい》しませんでした。ふたりのいいなずけ。ふたりの恋人《こいびと》。ふたつのうそ。」ジゼルは思いかえすように、顔のまえで手をふりうごかしました。

「あのとき、わたしは正気《しょうき》をなくしていたのでしょう。村の道のまんなかで踊《おど》りだして、母さんもヒラリオンも、大好《だいす》きなアルブレヒトも、わたしを止めようとしました。でもわたしは心臓《しんぞう》が弱いのに踊りつづけた。そうしたら、いきなり胸《むね》に痛《いた》みがはしって——もう息がつづかなくなり、ひと足も歩けなくなりました。きっと死《し》んだのでしょう。だっていま、ウィリーの群《む》れにかこまれて、こうしているのですから。子どものころ、母さんが寝物語《ねものがたり》に、よくあなたがたのことをきかせてくれました。まさか、自分がそのひとりになるとは思いませんでした。ああ、神《かみ》さま。」

女王はこれをきいて腹《はら》をたてました。ウィリーになれたのは幸運《こううん》なことではありませんか。「おまえはほんとうに運《うん》がよかったのだよ、男という、たちのわるいものから逃《のが》れられて。もう、心ない不届《ふとど》き者《もの》どもにじゃまされない場所で、いつまでも踊《おど》っていられるのだから。」女王ミルタ自身《じしん》も恋人《こいびと》に裏切《うらぎ》られたので、男というものをう

らんでいました。だれか男が夜の森に迷《まよ》いこんで、白くすきとおった娘《むすめ》たちの姿《すがた》を目に入れたら最後《さいご》、その男は二度と日の光をみることはないでしょう。それほど女王の憎《にく》しみは深《ふか》いものでした。

ちょうどそのとき、木の葉がざわつき、小枝《こえだ》がぴしりと音をたてました。だれかくる！　女王はすぐウィリーたちについてくるよう命《めい》じ、ひとに姿《すがた》をみられないよう森の奥《おく》へ入っていきました。けれどもジゼルはしたがわず、そこに残《のこ》っていました。空《あ》き地《ち》の隅《すみ》に身をかくしてみていると、大公《たいこう》アルブレヒトがジゼルの墓《はか》に花束《はなたば》をそなえにきたのでした。

大公の心はたいそう乱《みだ》れていました。肩《かた》をふるわせてすすり泣《な》きながら、身をもんで嘆《なげ》いていました。「ゆるしておくれ、かわいいジゼル。わたしはひどいことをしてしまった。身をやつし、うその身分《みぶん》を名のっていたが、ほんとうにおまえを愛《あい》していたのだ。ふた親にバチルド姫《ひめ》と婚約《こんやく》させられた以上《いじょう》、あの姫を愛するべきだった。なのに、おまえをみたとたん、ほかのだれも目に入らなくなった。いとしいジゼル、貴《き》族《ぞく》はいなか娘《むすめ》と結婚《けっこん》できない。でも、神《かみ》かけて、わたしはそうしたかったのだよ。」

ジゼルは大公《たいこう》のうしろにしのびより、かるくその肩《かた》をたたきました。彼《かれ》ははっとふりかえりましたが、だれもいません。ジゼルは両手で彼《かれ》の目をかくして、ささやきました。「だれだか、あてて。」大公《たいこう》はぞくりとしながらも喜《よろこ》びに立ちあがり、その手をつかもうとしました。けれども、ジゼルのほうがすばやくうごきました。まえを跳《と》んだり走りすぎたりしながら、大公を空《あ》き地《ち》からさそいだそうと、ブナのまだらの幹《みき》のあいだを、ジグザグに通っていきました。笑《わら》ったりなだめすかしたりしながら、先に立ってゆきます。

まるでからかっているようでしたが、気持ちは真剣《しんけん》でした。ミルタ女王にみつかったら、アルブレヒトは生きて森から出られません。彼《かれ》の命を救《すく》うために、ジゼルはできるたけ遠くの安全な場所へと彼を誘導《ゆうどう》していこうとしていました。つらい気持ちも忘《わす》れ、恋人《こいびと》を、ウィリーたちの復讐《ふくしゅう》から守りたい一心《いっしん》でした。

森番《もりばん》ヒラリオンも空《あ》き地《ち》にやってきましたが、そこにはそんな思いやりをかけてくれる娘《むすめ》はいませんでした。彼《かれ》も、愛《あい》するジゼルの墓《はか》をたずねてやってきたのに、そこにはぽっかり穴《あな》がひらいているばかりです。悲《かな》しい顔をふとあげると、いつのまにか白い幽霊《ゆうれい》めいた姿《すがた》にかこまれていました。ウィリーたちの金髪《きんぱつ》が、密猟者《みつりょうしゃ》の網《あみ》のようにふわりとひろがり、腕《うで》は密猟者の罠《わな》よろしく、彼《かれ》の喉《のど》をしめつけます。湖《みずうみ》のほと

りまで追いつめられたヒラリオンの長靴《ながぐつ》の下で、地面がくずれかけます。

「やめてくれ！　おれは女をだましたことはない。ジゼルの目をさまさせたかっただけなんだ。アルブレヒトのうそをあばいて。」でもウィリーたちは、男とみれば容赦《ようしゃ》しません。

彼《かれ》を、岸から先へと追いやりました。悲鳴《ひめい》をのこし、忠実《ちゅうじつ》な恋人《こいびと》ヒラリオンは凍《こお》るような水の底《そこ》へ沈《しず》んでいきました。彼の嫉妬《しっと》が、ジゼルの心臓《しんぞう》をはりさけさせたむくいです。

「もうひとり、よそものをみかけたわ。」女王が叫《さけ》び、せっかくのジゼルの努力《どりょく》もむなしく、ウィリーたちは、カモメの群《む》れがミソサザイにおそいかかるようにアルブレヒトとジゼルをとりかこみました。そして、ヒラリオンにしたのと同じように、アルブレヒトを湖《みずうみ》のほうへ追いやって、おぼれさせようとしました。

「やめて！　お願《ねが》い！　ゆるしてあげて。」ジゼルはすがりました。

「男はだれもゆるさない。」女王は憎々《にくにく》しげに吐《は》きすてました。そして、光のうせたジゼルの目に、あくまでさからう気持ちをみてとると、アルブレヒトにもっと残酷《ざんこく》な裁《さば》きをくだすことにしました。「おまえが踊《おど》りながら、こやつを死《し》に追いこむのだよ。」と、魔法《まほう》の杖《つえ》をひとふりすると、ジゼルの足は勝手《かって》に踊りだしました。

アルブレヒトの心は、その動きにすっかりとらえられていました。どうしても、ジゼルといっしょに踊《おど》らずにはいられません。それはあらあらしい魔物《まもの》めいた踊《おど》りで、息つくひまもありませんでした。

三時間もたつと、ふたりとも疲《つか》れてたおれそうになりました。けれど、ジゼルのかよわい心臓《しんぞう》は、もはや胸《むね》のなかで打《う》ってはいません。二度死《し》ぬことはありえません。アルブレヒトが息をつまらせ、汗《あせ》まみれになり、眉間《みけん》の血管《けっかん》がどくどくと脈打《みゃくう》って、その場にたおれこんだときも、ジゼルは自分にむちうって踊《おど》りつづけ、彼《かれ》のまわりをまわり、ウィリーたちの悪意《あくい》からかばうようにしながら、彼《かれ》のあらい呼吸《こきゅう》がおさまるのをまちました。でも、そうするとまた女王の魔法《まほう》で、彼は立ちあがらずにはいられませんでした。

「お願《ねが》い、ゆるしてあげて。わたしはいまでも愛《あい》しているの。」ジゼルは踊《おど》りながら、叫《さけ》びました。

だがミルタはかっとなるばかりでした。「男という種族《しゅぞく》へのみせしめとして、殺《ころ》してしまい。」

ジゼル

GISELE

「かまわない。」くずれおちそうになりながら、アルブレヒトがいいました。「ジゼル、きみのいないこの世《よ》になど生きていたくない。」またひとり、死《し》の舞踏《ぶとう》の犠牲者《ぎせいしゃ》がでようとしていました。

そのときです、突然《とつぜん》遠くの農場《のうじょう》から、オンドリが刻《とき》を告《つ》げる声がきこえてきたのは。東の空には明《あ》けの明星《みょうじょう》がきらめきつつ、うすれてゆこうとしています。新《あら》たな陽《ひ》がのぼり、ウィリーたちはもうこの場にいられませんでした。女王もウィリーたちも、どうしようもない力で、まるでやわらかなベッドをもとめるように、みずからの墓《はか》にひきよせられてゆきます。ジゼルはひと晩《ばん》を踊《おど》りぬき、それによって、アルブレヒトを死《し》から救《すく》ったのでした。

大公《たいこう》の力尽《ちからつ》きた腕《うで》のなかには、もはやだれもいませんでしたが、ジゼルが自分のいつわりをゆるし、いまも――そしてこれからも墓《はか》のむこうから――愛《あい》をさしだしてくれていることは、はっきりとわかりました。アルブレヒトはまだらにさしてくる木《こ》もれ日《び》のなかにひざまずいて、太陽《たいよう》が中天《ちゅうてん》にのぼるまで、涙《なみだ》を流《なが》しつづけたのです。

CINDERELLA

シンデレラ

CINDERELLA

〔登場人物〕

シンデレラ（灰《はい》かぶり娘《むすめ》）：気だてがよく、美しい娘。

ゴーダとゴルゴンゾーラ：シンデレラの、血《ち》のつながりのない姉たち。

おばあさん：シンデレラの〈妖精《ようせい》の名づけ親〉。

王子：変身《へんしん》したシンデレラと恋《こい》におちる。

〔場面〕

王宮《おうきゅう》の舞踏会《ぶとうかい》の日、姉たちはシンデレラに身《み》じたくをてつだわせている。

「シンデレラ、おまえはほんとうにシンデレラ（灰《はい》かぶり娘《むすめ》）だね。シンデレラ！働《はたら》きもしないで、ぬくぬくとストーブの灰に足をつっこんで。なまけものの、役立《やくた》たずのシンデレラ！」

むかし、丘《おか》の上のお屋敷《やしき》には、こんなわめき声やかなきり声が飛《と》びかっていました。お屋敷には父親と三人の娘《むすめ》が住んでいましたが、みたところは、ふたり姉妹と、下働《したばたら》きの娘がひとりといったふうでした。ねえさんのゴーダとゴルゴンゾーラは、末《すえ》の妹をひどくじゃけんにあつかっていました。「血《ち》のつながらない妹なんて、妹とはいえないわ。」と、家じゅうの仕事をぜんぶおしつけ、ものをとってこさせたり、運《はこ》ばせたり、さんざんこきつかって、ありがとうのひとこともありません。

とりわけいそがしい日がありました。お城《しろ》の舞踏会《ぶとうかい》の日です。王さまは貴族《きぞく》の令嬢《れいじょう》たちを王子にひきあわせ、だれかをお妃《きさき》に選《えら》ばせるおつもりでした。それで、ゴーダとゴルゴンゾーラは午前中いっぱいかけて、ドレスや帽子《ぼうし》をとっかえひっかえし、気どって鏡《かがみ》のまえを行ったり来たりしていました。おかげでふたりともくたびれはてていました。あとはせいぜい、シンデレラをなじり、おたがいをののしりあうくらいです。二階のあたたかい居間《いま》から、ふたりの声がきこえます。シンデレラは、ふうっとため息《いき》をつきました。

すると、うしろで声がしました。「そうぞうしいな。こまったじゃじゃ馬どもだ。」

「あら、お父さま、気がつかなくてすみません。」シンデレラはいそいで、父親のために お茶をいれ、台所のかまどのそばで、飲《の》んでもらいました。

「おまえにあんなにひどくあたらなくても、いいと思うんだがな。」

シンデレラはほほえみました。「むかしはよかったですね。お父さまと、お母さまと、わたしだけのころは。」

シンデレラは、どうしてまま娘《むすめ》たちをしからないのか、どうしてわがまま放題《ほうだい》にさせておくのか、ついでにたずねてみたいとも思いました。でも、父親はひとに、強くものがいえるような性格《せいかく》ではありません。そんな父親を、シンデレラはとても慕《した》っていました。それで、「なんでもないわ、お父さま、気になさらないで。」と、片手《かたて》でお昼のスープのなべをかきまわしながら、もう片手でやさしく父親の肩《かた》をたたきました。

ゴーダとゴルゴンゾーラの横暴《おうぼう》から、自分を守ってくれるものがいないことは、とう

のむかしにわかっていました。

「シンデレラ！　だれかきたわ。あたしたちに玄関《げんかん》までいけというつもり？」ゴーダが上から叫《さけ》んでよこしました。

それは仕立屋《したてや》が、追加《ついか》のレースをもってきたのです。

「シンデレラ！　まただれかきたわよ。」

こんどは帽子屋《ぼうしや》が、新しい帽子をもってきたのです。

「シンデレラ！　またまた、だれかきたわ。」

踊《おど》りの先生が、まま娘《むすめ》ふたりに、国王陛下《へいか》の舞踏会《ぶとうかい》のための新しいダンスを教えにきたのでした。

「シンデレラ！　早く出て。」

ようやく、ゴーダとゴルゴンゾーラと父親をお城《しろ》まで運《はこ》ぶ馬車《ばしゃ》がきました。扉《とびら》がしまると、家のなかはしんとなりました。シンデレラは腰《こし》をおろし、両手に顔をうずめて、胸《むね》もはりさけんばかりに泣《な》きました。

「じゃ、おまえさんもいきたいのかい？」

シンデレラははっとふりかえり、そのはずみに裁縫箱《さいほうばこ》が膝《ひざ》からすべり落ちて、台所の床《ゆか》に中身が散《ち》らばりました。知らないひと——おそらく物乞《ものご》いのおばあさん——が、こっそり家に入りこんできたと思ったのです。

おばあさんはぼろぼろの外套《がいとう》をぬぎました。なんと下には、露《つゆ》がきらめく銀色《ぎんいろ》のうすものドレスを着ています。物乞《ものご》いにはみえません。「シンデレラや、おまえさんにもいく資格《しかく》はある。王さまは、貴族《きぞく》の家の嫁入《よめい》りまえの娘《むすめ》はだれでも、舞踏会《ぶとうかい》に招待《しょうたい》するとおおせだからね。」

「でも、わたしはもう貴族のお嬢《じょう》さまとはいえません。それに、おばあさんはどうしてわたしのことを……？」

「ちゃんと知っているよ、シンデレラ。おまえさんのことならなんでも。よい心がけも、辛抱強《しんぼうづよ》さも、それから胸《むね》にあたためている願《ねが》いのこともぜんぶね。わしはおまえさんの〈妖精《ようせい》の名づけ親〉さ。おまえさんの願いをかなえてやるためにきたんだよ。」

それから、つぎつぎにお客がやってきました。髪結《かみゆ》いや宝石屋《ほうせきや》や仕立屋《したてや》ではなく、妖精《ようせい》たちです。そうです、〈露《つゆ》したたる国〉からやってきたのです。ひとりは、あざやかな春の花の咲《さ》く枝《えだ》をもってきました。別《べつ》のひとりは、夏のように緑色のトカゲをもっています。もうひとりは秋のように金色《きんいろ》をしたカボチャをひとつ、またひとりは

冬のように真《ま》っ白《しろ》なネズミを六ぴきもってきました。変《か》わったものばかりですが、ひとからやさしい言葉ひとつもらったことのないシンデレラにとっては、トカゲ一ぴきでさえうれしい贈《おく》り物《もの》でした。

〈妖精《ようせい》の名づけ親〉は魔法《まほう》の杖《つえ》で、つぎつぎに贈り物にふれてゆきました。たちどころに、ネズミは跳《は》ねおどる馬に、カボチャは銅色《あかがねいろ》にかがやく馬車《ばしゃ》に、そしてトカゲはおつきの従者《じゅうしゃ》に姿《すがた》を変えます。「さあ、シンデレラ、お城《しろ》の舞踏会《ぶとうかい》にいくんだよ。」

「でも、なかに入れてもらえるでしょうか。こんなぼろぼろのかっこうでは、王子さまに失礼《しつれい》では？」

〈妖精《ようせい》の名づけ親〉はからからと笑《わら》い、杖《つえ》で春の花の枝《えだ》にふれました。つぎの瞬間《しゅんかん》、シンデレラはクリーム色の絹《きぬ》と銀色《ぎんいろ》のサテンでできた服をまとい、頭にはダイヤモンドのティアラをのせ、雪のように真《ま》っ白《しろ》な手袋《てぶくろ》をはめていました。そして、小さな足にはガラスの靴《くつ》。

「いまからいうことをようくおきき。この魔法《まほう》は真夜中《まよなか》までしかもたないからね。時計が十二時を打《う》ったら、なにもかも元《もと》の姿《すがた》にもどってしまうのだよ。」

真夜中。そんなのは、ずっとずっと先のことに思われました。目のまえには魔法のようなすばらしい夜がひろがっているのです。ほてるシンデレラのほおを、〈四季《しき》の妖精《ようせい》〉は羽根《はね》であおいでくれました。満天《まんてん》の星も、シンデレラの愛《あい》らしさをみつめようと、いっせいに舞《ま》いくだってきて、お城《しろ》までの道連《みちづ》れになってくれるようでした。

舞踏会《ぶとうかい》はもちろん遅刻《ちこく》です。ねえさんたちも父親もとっくに到着《とうちゃく》し、ダンスははじまっていました。ファンファーレが鳴り、いよいよ王子さまのおでましです。みんなはいっせいにふりむいて、王冠《おうかん》をいただき、真《ま》っ赤《か》な胴着《どうぎ》に身をつつんだ若者《わかもの》が、大《だい》階段《かいだん》を駆《か》けおりてくるのをみつめました。令嬢《れいじょう》たちはみつめるだけでなく、胸《むね》を高鳴《たかな》らせましたので、扇《おうぎ》がふわふわとゆれうごきました。

そのとき、またお客人《きゃくじん》が到着《とうちゃく》しました。トランペットが、おくれてきたひとがいるのを告《つ》げました。王子さまよりおくれるなんて、なんて失礼《しつれい》な。

でも、階段《かいだん》の上に立っていたのは、王女さま——そう、どうみても王女さま——でした。全員が息をのみました。ダンスの音楽も小さくなって、消《き》えてしまいます。

「あれ、どなたですの？」

「……よほど遠くからいらしたのでしょう。」

「……外国の王女さまかもしれませんわ。」

「……あんな美人を、知らずにいたわけはありませんもの。」

王子はふりかえって階段《かいだん》をみあげ、片手《かたて》で胸《むね》をおさえました。階段を駆《か》けあがります。そそくさと手袋《てぶくろ》をはずし、王女の手をとってキスをしました。でも「王女」のほうは大きなつぶらな目、夏の海のように青い目で、相手《あいて》をみつめるばかり。そして両手をうしろできつく組みあわせました。

「あの……よろしければ、国王陛下《へいか》にご紹介《しょうかい》したいのですが……。」と、王子がいいました。

「でも、そのまえに踊《おど》ってくださいませんか。」相手《あいて》が王子とは夢《ゆめ》にも思わずに、シンデレラは小声《こごえ》でいいました。「陛下《へいか》や王子さまにご挨拶《あいさつ》するなんて、おそれ多くて。でも、あなたはとてもおやさしそうなお方《かた》、一曲踊《きょくおど》ってくださったら、わたくしも勇気《ゆうき》をだせますわ。」

それまでダンスを申《もう》しこまれたことのなかった王子は、うれしそうに笑《わら》い、相手《あいて》をダンスフロアにつれてゆくと、目もくらむような音楽の渦《うず》のなかで、くるくるとまわしました。

時間は飛《と》ぶようにすぎました。シンデレラが一曲《きょく》、とたのんだのに、曲は二曲、三

曲とふえて、とうとう二十曲になりましたが、やさしそうな若者《わかもの》は、シンデレラを、王さまや王子さまにひきあわせる、という、こわい目にはあわせませんでした。のどがかわいた、というと、オレンジをもってきてくれました。「わたしの……いや、この王国ではひじょうにめずらしい果物《くだもの》ですよ。」と、王子にいわれたシンデレラは、オレンジをいくつか受けとると、父親や義理《ぎり》のねえさんたちのそばにすわって、金色《きんいろ》の皮《かわ》をむき、金色の実《み》をほぐして、分けてやりました。

ゴーダとゴルゴンゾーラは、このめずらしい果物《くだもの》をまじまじとみつめているばかりで、「王女」の顔にはろくに目をやりません。(それに、美人なんて、みても腹《はら》がたつだけですからね。)

踊《おど》っていたひとたちはだんだんと、ほかの部屋にひきとり、用意されているごちそうを食べたり、バルコニーや庭に出ていったりしました。王子が、この美しい外国の王女と二人きりになりたがっているのは、明《あき》らかでしたから。もちろん、みにくい義《ぎ》理《り》のねえさんたちは、最後《さいご》までそこにねばっていました。ほかのひとがなにをしていようと、ぜんぜん気になりません。

「あなたはほんとうにお美しい。」王子はとうとう口にだしました。

「このドレスのことですの？　ええ、こんなすてきなドレス、ごらんになったことはないかもしれませんわね。わたしの名づけ……いえ、ある方《かた》からいただいたのです。ほら、この靴《くつ》も。ガラスの靴なんて、ごらんになったことあります？」

「はじめてですよ。」王子は笑《わら》って答え、それから、相手《あいて》はまだ、自分がだれなのかを知らないことに気づきました。「おかしいですね。ひと晩《ばん》じゅういっしょに踊《おど》っていたのに、まだ、あなたの名前を知らないんだ。」

「わたしは――。」なんと答えたらいいのでしょう。「わたしの呼《よ》び名《な》は――。」下働《したばたら》きの灰《はい》かぶり娘《むすめ》、灰のなかに足をつっこんであたためる、いやしいシンデレラだなんて、とてもいえません。

「すみません。あなたをひと晩《ばん》じゅう、ひとりじめしてしまって。」（王子の言葉は、ちっともすまなそうにはきこえませんでした。）「でも、ぼくはたしかめたかったのです。」

「いえいえ、とても楽しい時間でしたわ。」といって、シンデレラは相手《あいて》の胴着《どうぎ》のボタンをひとつずつなぞってゆきました。

「たしかめるって、なにをですの。」

「自分の眼《め》が正しいかどうかです。その、つまり、ぼくがあなたを愛《あい》しているということをです。」

「まさか、そんな。」

「おかしいですか。もしや、あなたには、ほかに好《す》きなひとがいるのですか？」

「おりませんわ。でも、あなたがわたしをお好きだなんて、うそでしょう。いえ、少なくとも、わたしの気持ちと同じくらいってことはありえませんわ。」

王子はぱっと笑顔《えがお》になりました。今夜《こんや》、こんなにすてきな王女と出会えるとは、夢《ゆめ》にも思ってもいなかったのです。「じつは、ぼくはもうひとついわねばならないことが。」

ボーン、ボーン、と大時計が鳴りだしました。

ボーン、ボーン。

真夜中《まよなか》です！

「あっ、帰らなければ。すみません、すぐに失礼《しつれい》させていただきます。」

シンデレラはいそいで身《み》をもぎはなしました。まるで、いそがなければ命《いのち》がなくなる、とでもいうように。階段《かいだん》を駆《か》けおります。

ボーン、ボーン。大時計が鳴りつづけます。シンデレラは暗い外へ飛《と》びだし、空気の冷《つめ》たさにびくっとしました。

ボーン、ボーン。

「いかないで。」王子が叫《さけ》んで、「あなたがだれでも、あなたが好《す》きなんだ。」と追いかけてこようとしました。しかし、ゴーダとゴルゴンゾーラは、自分たちの美しさで王子を足止《あしど》めしようと、ここぞと、まえに立ちふさがりました。

ボーン、ボーン。

王子は身をかわそうとしましたが、ふたりはふふっと笑《わら》い、しなをつくったり、まつげをぱちぱちさせたりしています。

「もどってきてくれ。愛《あい》してるんだ。」王子は叫《さけ》びました。でも、シンデレラはふりかえりさえしませんでした。まるで、オオカミに追われているように、すごい勢《いきお》いで駆《か》けてゆき、つまずいて、白い大理石《だいりせき》の宮殿《きゅうでん》の階段《かいだん》のとちゅうで、たおれてしまいました。そのまま転《ころ》がり落《お》ちて、ドシン。自分の銅色《あかがねいろ》の馬車《ばしゃ》にぶつかって止まりました。なんとか馬車のなかにはいあがると、六頭《とう》の白馬《はくば》が勇《いさ》んで走りだします。

ボーン、ボーン。

手綱《たづな》がゆるみました。馬車の扉《とびら》がぐらりとひらき、車輪《しゃりん》はばらばらに四方《しほう》へころがってゆきます。おつきの従者《じゅうしゃ》だったトカゲが、頭の上に落ちてきて、気がつくと、シンデレラは泥《どろ》だらけの路上《ろじょう》にすわりこんでいました。服はぼろぼろ、ガラスの靴《くつ》はかたっぽうしかありません。

あら？　どうしてガラスの靴《くつ》は真夜中《まよなか》すぎても、魔法《まほう》がとけなかったのかしら。それに、もうかたいっぽうはどこに？

シンデレラは残《のこ》った靴をぬぎ、ポケットにつっこむと、はだしでうちまで走って帰りました。

王子のほうも、暗《くら》がりの寒《さむ》いなかに走りでて、美しいなぞの姫君《ひめぎみ》に、もどってきてくれ、と呼《よ》びかけつづけていました。しかし、かげも形もみえないので、両手で頭をかかえて、音楽の鳴っている明るい部屋へもどろうとしました。

まて、あれはなんだ？　階段《かいだん》の上に、月のかけらのようにきらきらしているのは。

みると、それはガラスの靴《くつ》――しかも小さくて、まるで子どもの靴のようでした。

「あのひとのだ！　さっきみせられたばっかりだ。あのひとをみつけなければ。なにがなんでも。」ほかのお客や、王子の身内《みうち》や、家来《けらい》たちが、むりだと止めても、王子は耳をかしませんでした。「どんなことがあっても、この靴《くつ》が足に合うひとと結婚《けっこん》する。赤いクッションにこの靴《くつ》をのせ、国じゅうの家をまわってくれ。運命《うんめい》の女神《めがみ》のおぼしめしがあれば、持《も》ち主《ぬし》はきっとみつかる。ぼくの心の望《のぞ》みもかなう。花嫁《はなよめ》をみつけだすぞ。」

大さわぎになりました。ガラスの靴《くつ》は戸口から戸口へまわってゆき、国じゅうの女のひとがはこうとしました。この小さな靴に足が入れば、王子の花嫁《はなよめ》になれるのです。すばらしいチャンスです。みんな、どれほど痛《いた》くても、むりやり靴に足をおしこもうとしました。

ゴーダとゴルゴンゾーラは自信《じしん》まんまんでした。足をお酢《す》につけて、かかとにバターをぬり、指を力いっぱいぶつけて短く折《お》りまげようとしていました。かなきり声が家じゅうにひびきましたが、ふたりは王子の小姓《こしょう》がやってくるのを、いまやおそしとまちかまえていました。

「シンデレラ！　玄関《げんかん》をあけて。」ふたりは、小姓が赤いクッションを運《はこ》んでくるのを窓《まど》の外にみつけて、大声をあげました。「いまこそ夢《ゆめ》がかなうわ。あたしたちにふ

さわしい人生がはじまるのよ。今日《きょう》は最高《さいこう》の日だわ。」

「でも、王子がいっしょに踊《おど》られたあの美人は、別《べつ》のひとだろう？」父親は顔をくもらせます。「わしもおまえたちもみたのに。あのひとはそばにすわって、オレンジを分けてくれたじゃないか。」

「そんなの関係《かんけい》ないわ。王子さまにちがいがおわかりになるもんですか。それに、どんなことがあっても、この靴《くつ》が足に合うひとと結婚《けっこん》する、っておっしゃったのよ。口にだしたのが運《うん》のつきよ。かるはずみな約束《やくそく》なんてするもんじゃないわね。シンデレラ。すぐに部屋から出ておいき。あんたがいると、部屋がむさくるしくみえちゃう。」

それでシンデレラはそこから出てゆきました。手もいっしょに出ていって、もうかたほうのガラスの靴《くつ》を入れてあるエプロンのポケットにすべりこみました。幸せなあの晩《ばん》の思い出の品《しな》です。

シンデレラは靴をためさせてもらえないでしょう。かりにはかせてもらえても、自分の踊《おど》りの相手《あいて》がただの下働《したばたら》きの娘《むすめ》だとわかったら、王子さまはどうお思いでしょう。そう、あのひとはほんとうは王子さまだったのです。最初《さいしょ》から、それがわかっていたらよかったのに。もっと身分《みぶん》が低《ひく》くて、いつかまた会えるという望《のぞ》みを抱《いだ》けるような

ひとであったら、よかったのに。

ゴーダはクッションから靴《くつ》をつかみあげると、足をおしこみました。でも、それはネコがネズミ穴《あな》に入ろうとするようなものでした。

ゴルゴンゾーラが靴をひったくりました。「ねえさんたら、ばかみたい。だれがねえさんを、あのなぞの王女さまだと思ってくれる？　それは、このあたしだったのよ。ずっとそばにすわって、オレンジをわけてあげたのはあたし。」と、足をくねらせて、ガラスの靴《くつ》につっこもうとしました。でもそれは、馬を犬小屋《いぬごや》におしこもうとするようなものでした。姉妹《しまい》は靴をとりあって、つかみあいをはじめましたので、小姓《こしょう》が靴をとりかえし、このさきも成功《せいこう》の見込《みこ》みのうすい靴《くつ》だめしの旅に、またも出てゆこうとしました。

「わたしにもためさせていただけませんか。」シンデレラが、そっと顔をだしていいました。

「おまえが！」

「貴族《きぞく》のお嬢《じょう》さまにかぎるのですが。」と小姓《こしょう》。

「ああ、すみません。さしでたことを申《もう》しました。」

でも、小姓《こしょう》はじっとシンデレラの顔をみつめ、近ごろ、いえ、これまでの一生で、これほど美しいひとはみたことがないと思いました。

「あなたは？」

「とるに足《た》らない娘《むすめ》よ。」とゴーダ。

「さえない娘よ。」とゴルゴンゾーラ。

「わしの自慢《じまん》の娘だ。」と父親はいいました。

「わたし、シンデレラと呼《よ》ばれています。」

「では、シンデレラさん、よろしければおためしください。」

そこでシンデレラは、ガラスの靴《くつ》に足をするりと入れ、バランスをとるために、もうかたっぽうの靴をエプロンのポケットからとりだしました。

「王子さまにお知らせだ！　ラッパを吹《ふ》け。衛兵《えいへい》を呼《よ》びあつめよ。」小姓《こしょう》が叫《さけ》びました。「みつかった。このぼくがみつけた。消《き》えた王女さまがみつかったぞ。」

王子さまはやきもきしながら、家から遠くないところでまっていました。知らせをきき、息をきらして駆《か》けつけてくると、ぼろぼろの服にぴかぴかの靴をはいたシンデレラを、ひっさらうようにして宮殿《きゅうでん》へつれてゆきました。

そして結婚式《けっこんしき》があげられました。シンデレラはねえさんたちより、ずっと心がけがよく、やさしかったので、王宮《おうきゅう》のなかにふたりのための部屋をととのえてあげ、ふたりに欠点《けってん》があっても愛《あい》してくれる貴族《きぞく》をふたり、みつけてあげました。自分が幸《しあわ》せになったので、おすそわけをしたかったのです。その幸せな思いはあふれだして、朝には王国の東を、夕《ゆう》べには王国の西を満《み》たしました、そして愛《あい》する王子の生涯《しょうがい》をもいっぱいに満たしたのです。

LA SYLPHIDE

ラ・シルフィード

LA SYLPHIDE

［登場人物］

ジェームズ：エフィーと婚約《こんやく》しているが、空気の精《せい》・シルフィードに心《こころ》奪《うば》われる。

エフィー：ジェームズの婚約者《こんやくしゃ》。

グエン：エフィーに想《おも》いをよせる青年《せいねん》。

シルフィード（シルフ）：美しい空気の妖精《ようせい》。

マッジばあさん：占《うらな》い師《し》で魔女《まじょ》。

［場面］

場所はスコットランドの高地地方《こうちちほう》、ジェームズとエフィーは結婚式《けっこんしき》をひかえている。

うっすらと霧《きり》につつまれたスコットランドの高地地方《こうちちほう》では、ヒースの花咲《はなさ》くなだらかな丘《おか》のあちこちに、羊《ひつじ》の群《む》れのように（羊ほどの数ではありませんが）家が建《た》ちならんでいます。小さな村ですから、みんなおたがいに知り合いで、知らないひとに出会うことはめったにありません。

たとえばジェームズとエフィー。おさななじみで、このあいだ婚約《こんやく》したばかりです。いつか結婚《けっこん》するだろう、とむかしからいわれていましたし、なんの問題《もんだい》もなさそうでした。それで、ふたりは婚約《こんやく》しました。とりあえず結婚式《けっこんしき》は六月に決まり、親戚《しんせき》や友だちは、お式《しき》のあとのダンスやパーティ、ウィスキーにごちそうを楽しみにしていました。ジェームズとエフィーも、その日をまちこがれていました。

ただひとり、胸《むね》をいためていたのは、友だちのグエンでした。むかしからエフィーをひとすじに思いつづけていて、いつかは自分が花婿《はなむこ》になり、ジェームズには付《つ》き添《そ》い役《やく》になってもらいたかったのです。でも、グエンは、思っていることを要領《ようりょう》よく言葉にできるような、器用《きよう》な青年《せいねん》ではありませんでした。

それで、けっきょく幸運《こううん》はジェームズの上にほほえみました。六月の朝、高地《こうち》の正《せい》装《そう》であるキルトを身につけ、レースのジャボ（スコットランドのひだのついた胸《むね》のかざり）に、銀《ぎん》ボタンの上着《うわぎ》をはおって、暖炉《だんろ》のかたわらにすわり、これからの幸《しあわ》せを夢《ゆめ》みていたのは、ジェームズのほうでした。少なくとも、夢《ゆめ》みていたはずです。

ところが、ふいに火格子《ひごうし》のなかで炎《ほのお》がひらめき、なにかが踊《おど》っているような形がみえてきました。つづいて、鏡《かがみ》からはねかえった光が壁《かべ》に黄色いもようを描《えが》きだしました。ジェームズの目はなにげなくそれを追い、ありえないことですが、そこに、羽根《はね》のある生き物、そうです、白いうすものをまとった乙女《おとめ》の姿《すがた》をみわけたのです。まじまじと目をこらして、ほっそりした足首、きゃしゃな腰《こし》、しなやかなしぐさ、青白《あおじろ》いふしぎな顔をみつめました。みつめているうちに、心のなかで不謹慎《ふきんしん》にも、糊《のり》のきいたエプロンを身につけた、愛《あい》らしい赤いほおのエフィーとくらべてしまっていました。

目の隅《すみ》ではねおどっているこの妖精《ようせい》は、いったいどこからきたのでしょう。もしかしてこれは理想《りそう》の恋人《こいびと》、ミルク桶《おけ》と豚《ぶた》の群《む》ればかりの、この谷間《たにま》の世界《せかい》ではけっしてお目にかかれないような、夢《ゆめ》の恋人の姿《すがた》でしょうか。いつかそんな女性《じょせい》に出会えたらという、ひそかな願望《がんぼう》がみせた幻《まぼろし》なのでしょうか。幻は暖炉《だんろ》に飛《と》びこむと、ふっと

淡《あわ》い煙《けむり》になって煙突《えんとつ》をのぼっていってしまいました。

「いまさらなにを考えているんだ、ジェームズ・マッケンジー。」ジェームズは自分にいいきかせました。「すぐにエフィーがおりてくる。二階のベッドには、花嫁衣装《はなよめいしょう》がちゃんと置《お》いてあるんだし。」

ジェームズは目をとじ、さっきのシルフ（空気の精《せい》）の姿《すがた》をもう一度思《おも》いうかべようとしました。でもそこへ、エフィーとグエンがやってきました。つぎつぎに仲間《なかま》たちも到着《とうちゃく》して、すてきなタータンもようの肩《かた》かけやらなにやかやと、エフィーへの贈《おく》り物《もの》を手わたしました。心からの祝福《しゅくふく》のこもったあたたかい笑《わら》い声《ごえ》で、ジェームズはまた晴《は》れやかな気持ちにもどりかけました。ただ、あのマッジばあさんさえいなかったら。

マッジばあさんは占《うらな》い師《し》です。結婚式《けっこんしき》や洗礼式《せんれいしき》、収穫祭《しゅうかくさい》に呼《よ》ばれてきて、てのひらに銀貨《ぎんか》をのせてくれる相手《あいて》に、未来《みらい》をうらなってきかせます。ヒキガエルのようにいぼだらけで背《せ》は曲《ま》がり、髪《かみ》はネズミのしっぽのよう、鼻はさびたドアノブのようでした。ぼろ服からただようにおいはかびくさく、ぬれた羊のような、というかキャベツの煮《に》えるにおいそっくりです。「うらないはいかが！　うらないだよ！　このおめでたい晴《は》れの日に、未来《みらい》を知りたいひとはいないかえ。」

マッジは、エフィーのやわらかな桃色《ももいろ》のてのひらをなでながら、「あんたには長くて幸《しあわ》せな結婚生活《けっこんせいかつ》がまってるよ。」といいました。それから、節《ふし》くれだった指を一本あげてジェームズをさし、くつくつと笑《わら》いました。「でも、相手《あいて》はこの男じゃないようだね。」

ジェームズが暖炉《だんろ》わきのほうきをとりあげ、なぐりかかろうとするより早く、マッジばあさんはにやにやしながら、家から走りでていってしまいました。エフィーは花嫁衣装《よめいしょう》を着るために、いそいそと二階へ駆《か》けあがり、仲間《なかま》たちもしたくをてつだおうと、あとについてゆきました。ジェームズはまたひとりになりました。

でも、ひとりでしょうか。どこか高いところから、ふたつの目が自分をみつめているような気がします。なぜ、こんなに胸《むね》がどきどきするのでしょう。

あたりをみまわすまでもなく、居間《いま》の細長い窓《まど》の外になにがいるのか、ジェームズにはわかっていました。大きな白い羽根《はね》をひろげた、白ずくめのシルフがこちらへ舞《ま》いおりてきます。部屋は、耳にはきこえない甘《あま》い音楽でいっぱいになり、おたがいの心臓《しんぞう》のぴったりのリズムにあわせて、ふたりは踊《おど》りだしました。

「ジェームズ・マッケンジー、あなたを愛《あい》してる。ずっとむかしからそうだったの。ヒースのなかであなたをみたときから。」

「シルフ、ぼくもだ。きみはシルフだろう。空気の妖精《ようせい》か。なんだか生まれたときから、きみを愛《あい》していたような気がするよ。寝《ね》ているときも、起きているときも、どんな夢《ゆめ》のなかにもきみが出てきた。」

「だったら、今日《きょう》エフィーと結婚《けっこん》しないで。それをいいにきたの。だから今日、姿《すがた》をみせたの。結婚しないで。あなたがほかのひとと結婚したら、わたし、死《し》んでしまうわ。」

それにこたえるかのように、ジェームズは彼女《かのじょ》を抱《だ》きしめ、キスしました。うしろの戸口《とぐち》にグエンが立っていたことには、気がつきませんでした。

グエンの胸《むね》を突然《とつぜん》に駆《か》けめぐったのは恐怖《きょうふ》や怒《いか》りではなく、希望《きぼう》の大波《おおなみ》でした。もしもエフィーがこの光景《こうけい》をみたら。男前《おとこまえ》の花婿《はなむこ》に対《たい》して、どんな気持ちになるでしょう。もしかしたら、エフィーをジェームズからうばって、自分が結婚《けっこん》できるかもしれません。

グエンはそうっと廊下《ろうか》に出て、階段《かいだん》を駆《か》けあがり、したくのとちゅうのエフィーの

手をつかんで、ひっぱりました。「きみがぼくのかわりに選《えら》んだ男がどんなやつか、みるといい。」

ふたりは居間《いま》に駆《か》けこみました。

ジェームズは暖炉《だんろ》の敷物《しきもの》の上に立っていました。顔を赤くして、額《ひたい》はやましげな汗《あせ》にぬれ、息《いき》づかいは荒《あら》く乱《みだ》れています。

「あの女はどこだ。どこへかくした。おまえの浮気相手《うわきあいて》を。」グエンが問《と》いつめました。

「いったいなんの話だ。なにも――。」

さっき階段《かいだん》をおりてくる足音をきいて、シルフは暖炉わきの椅子《いす》に飛《と》びこみ、ジェームズはあわててエフィーの新しい肩《かた》かけで、その姿《すがた》をおおいかくしたのでした。嫉妬《しっと》に勝ちほこった目で、グエンは部屋をみまわします。椅子《いす》の背《せ》にかかった肩かけのしわをあやしいとにらんで、大声で笑《わら》いました。「さてと、そこにいるのはだれかな。」図星《ずぼし》でした。ジェームズの表情《ひょうじょう》が変《か》わったのです。グエンはさっと肩《かた》かけをとりはらいました。

なにもありません。だれもいません。シルフは消《き》えてしまいました。ジェームズもグエン同様《どうよう》びっくりしていましたが、すばやく顔をとりつくろい、エフィーになんてひどいいたずらをしかけるんだ、とグエンを責《せ》めました。エフィー本人もかんかんでした。髪《かみ》は半分結《ゆ》いかけで、服のボタンもはめていないうちに、ひっぱってこられたのです。あきれたひと、すぐに出ていってちょうだい、と容赦《ようしゃ》のない口調《くちょう》でいいました。物音に、なにごとだろうとおりてきた仲間《なかま》たちはエフィーをなだめるのに大《おお》わらわでした――が、やがて笛吹《ふえふ》きが曲《きょく》をかなではじめました。

みんなはわっと声をあげ、いきおいよくとんだりはねたりと、大むかしから伝《つた》わる婚礼《こんれい》の踊《おど》りを踊りだしました。おじいさん、おばあさん、この地方《ちほう》のひとたちがずっと踊りつづけてきた踊りです。

けれども、ただひとりジェームズの目にだけは、みえていました。ひらひらのうすものをまとった白い姿《すがた》がその踊《おど》りの輪《わ》に加《くわ》わってきて、腕《うで》のアーチの下をくぐりぬけたり、あちらこちらと飛《と》びまわったりしているのが。彼女《かのじょ》こそ人生の伴侶《はんりょ》です。その美しさに、金縛《かなしば》りにあったような気持ちでした。さいわいエフィーは幸《しあわ》せに酔《よ》っていて、ジェームズの目が自分をみていないことにも、彼《かれ》の足がまったくちがう妖精《ようせい》の音楽にあわせて踊《おど》っていることにも、気がつきませんでした。

司祭《しさい》が到着《とうちゃく》しました。みんなはたくさんの手を花束《はなたば》にそえるようなぐあいに、花婿《はなむこ》

と花嫁《はなよめ》をとりかこみました。ジェームズ・マッケンジー、シルフのことは忘《わす》れるんだ。これが現実《げんじつ》だ。ほかのことは夢《ゆめ》まぼろし。ここに司祭《しさい》さまもおられる。今日《きょう》は結婚式《けっこんしき》じゃないか。かわいいエフィーがいる。結婚指輪《けっこんゆびわ》もある。ジェームズ・マッケンジー、シルフのことは忘《わす》れて指輪をはめるんだ。どんな言《い》い訳《わけ》ができるんだ。妖精《ようせい》に恋《こい》をしたような気がする、だなんて。

指輪《ゆびわ》がエフィーの指にすべりこみかけたとき、なにか、またはだれかが、それをひったくっていきました。高いところの窓《まど》がバタンとひらき、鏡《かがみ》の反射《はんしゃ》――あるいは暖炉《だんろ》の火の煙《けむり》――だったのかどうか、わかりませんが、なにかがその細《ほそ》いすきまから、かなたのうす紫《むらさき》の空へと飛《と》び去《さ》っていったのです。

ジェームズの頭からは、花嫁《はなよめ》のことも、仲間《なかま》のことも、結婚式《けっこんしき》のことも飛び去り、すぐにシルフを追いかけてゆきました。ただただ夢《ゆめ》を追いもとめることしか、考えられませんでした。婚礼《こんれい》のお客はなにがおきたのかわからず、ぽかんとしていましたが、やがてグエンが、みんなのおびえた顔にほくそえみながら、話してきかせました。

「あいつは恋人《こいびと》をさがしにいったんだ。つまり、そういうことさ。」あげつらうような意地悪《いじわる》な言い方でした。エフィーは気が遠くなって、グエンの足もとにたおれました。

ジェームズは木立《こだち》のなかを走りつづけました。シルフの姿《すがた》はときに、空にうかぶ雲のように遠くなったかと思うと、ときには、さしのばしたジェームズの手をその衣《ころも》がかすめるほどに近づきました。それでも、ジェームズの手がつかむのは、冷《つめ》たく降《ふ》りしきる雨ばかりでした。

やみくもに走ってゆくうちに、ぞっとするようなものが目に入りました。マッジばあさんの住《す》み家《か》、いいえ、ばあさんの家だけでなく、このあたりの魔女《まじょ》たちの住む集落《しゅうらく》です。

マッジばあさんは、ただの罪《つみ》のない老女《ろうじょ》ではありませんでした。魔女の組合の一員《いちいん》でした。大きな鉄《てつ》の釜《かま》のなかには、ぶきみな薬《くすり》がぐつぐつ煮《に》えています。ばあさんは鉄の火ばさみで、その釜のなかから、虹《にじ》のようにひかる肩《かた》かけをつかみだし、ぶらぶらとふっていました。「どうしたのだえ、ジェームズ・マッケンジー。妖精《ようせい》の恋人《こいびと》がつかまらないのかね。こっちへきなされ。知恵《ちえ》をかしてしんぜよう。」

「てつだってくれるのか。ほんとうか。あのひとを追いかけてきたのに、ずっと逃《に》げつづけて、つかまらないんだ。なぜ、ぼくのところへきてくれないんだ。なぜ、まってくれないんだ。」

「たぶんあんたが、愛《あい》のあかしをみせておらんからじゃろう。」ばあさんはしわがれ声でいいました。「おなごというものは、贈り物《おくもの》が好《す》きでのう。この肩《かた》かけをとりなされ……この肩かけがあれば、羊《ひつじ》のしっぽの毛を刈《か》るくらいかんたんに、あの子の羽《は》根《ね》をちょんぎることができるぞよ。」

「あのひとを傷《きず》つけたくない——痛《いた》い目《め》にあわせたくない。」

「その心配は無用《むよう》じゃ。この肩かけは赤《あか》ん坊《ぼう》のおくるみのようにやわらかく、体をつつみこむからの。うそではないぞ、お若《わか》いの。こんなにきれいな品《しな》をみて、あの子が近づいてこずにいられると思うかえ。そしてそばにきたら最後《さいご》、離《はな》れられなくなるわいのう。」

ばあさんの笑《わら》い声《ごえ》に、ジェームズはぞっと血《ち》が凍《こお》る思いがしました。でも、シルフによろこんでもらいたかったので、肩《かた》かけを受《う》けとり、高くさしあげると、色あざやかな旗《はた》のように夜空《よぞら》にふりまわしました。

「シルフィード、愛《あい》しているんだ。きてくれ。」

まばゆい色合《いろあ》いに、シルフはくらくらしました。さからえませんでした。そして近づいてきました。

「なぜ、ぼくから逃《に》げたんだ。もう、ぼくを愛《あい》していないのか。」ジェームズは呼《よ》びかけました。

シルフはそろそろと近よってくると、彼《かれ》の足もとにすわりました。「ああ、ジェームズ、こわいの。命《いのち》にかぎりある人間と結婚《けっこん》したら、仲間《なかま》の空気の精《せい》たちと別《わか》れなければならないわ。それがつらかったから……あなたが森の危険《きけん》をおかしてまで、なにがあろうと、わたしを追いかけてきてくれるという証拠《しょうこ》をみたかったの。あなたが愛《あい》していてくれるのはわかったわ。わたしと同じくらい。でも、その手にあるのはなに？」

「贈《おく》り物《もの》だよ。きみへの愛のしるしだ。」そしてジェームズはシルフの肩《かた》にやさしく、その肩かけをまきつけました。うすくて白い羽根《はね》の上に。

「きれい……とてもきれいで……あったかいわ……あっ。」シルフは恐怖《きょうふ》にとまどった顔で、ジェームズをみました。「なぜ？　なぜこんなことをわたしに？」

と叫《さけ》んで、肩《かた》かけをかなぐりすてようとしましたが、炎《ほのお》がまつわりつくようにからまってとれません。白い羽根《はね》は焼《や》けこげて、大地に落《お》ちました。背《せ》を弓《ゆみ》なりにそらせてもだえるうちにも、肩かけのいまわしい魔法《まほう》は、きゃしゃな体をむしばんでゆきます。やがて最後《さいご》にもう一度、ジェームズ、と叫《さけ》ぶと、シルフは彼《かれ》の足もとにばったりたおれて、死んでしまいました。

そこへ、蝶《ちょう》の大群《たいぐん》のように、シルフの仲間《なかま》たちが空《あ》き地《ち》に飛《と》びこんできました。目にしみるほど真《ま》っ白《しろ》な群《む》れです。妖精《ようせい》たちはうらみのこもった目でジェームズをみつめると、死んだ仲間《なかま》を肩《かた》にかついで飛《と》び去《さ》っていきました。

ジェームズは落《お》ち葉《ば》のなかに膝《ひざ》をつきました。がっくりと肩を落とし、こぶしで大《だい》地《ち》を打《う》ちたたきました。けれどその悲《かな》しみをわかってくれるものは、もういませんでした。マッジばあさんと魔女《まじょ》たちは、よろこんで踊《おど》りまわっていました。

谷《たに》じゅうを、婚礼《こんれい》の行列《ぎょうれつ》が練《ね》り歩《ある》いていました。こんなことがあっても、今日《きょう》は、エフィーの婚礼《こんれい》の日になりました。最後《さいご》のせとぎわになって、エフィーは、浮気《うわき》な空《くう》想家《そうか》のジェームズ・マッケンジーを見捨《みす》て、誠実《せいじつ》なグエンを夫《おっと》にもつことにしたのでした。

THE NUTCRACKER

くるみわり人形《にんぎょう》

THE NUTCRACKER

［登場人物］

クララ：シュタールバウム家《け》の心やさしい娘《むすめ》。

フリッツ：クララの弟。

ドロッセルマイエル教授《きょうじゅ》：シュタールバウム家にまねかれた老教授《ろうきょうじゅ》。

カール：ドロッセルマイエルの甥《おい》。

クラッコ隊長《たいちょう》：くるみわり人形《にんぎょう》。

［場面］

ある年のクリスマス・イブ、ドロッセルマイエルがプレゼントをもって

シュタールバウム家《け》にやってくる。

むかしむかし、すばらしいクリスマス・イブの晩《ばん》があったのです。クララ・シュタールバウムにとって、出だしはあまりうれしいものではありませんでしたが、最後《さいご》には一生わすれられないクリスマスになり、わが子におとぎ話のように語ってきかせる思い出となりました。そう、この事件《じけん》はある意味で、おとぎ話でもあるのです。

シュタールバウム家《け》のクリスマスは、いつも魔法《まほう》のように胸《むね》がときめくものでした。クララとフリッツは何週間もまえから楽しみにして、クリスマスのことばかり話していました。クリスマス・イブに、ふたりが、階段《かいだん》の手すりごしに玄関《げんかん》を見おろしていると、ビロードの服に毛皮《けがわ》のマフをつけた女のひとたち、雪のつもった山高帽《やまたかぼう》をかぶった男のひとたち――そして興奮《こうふん》でじっとしていられない子どもたちが入ってきました。クララとフリッツは下へ駆《か》けおりていって、友だちにあいさつし、そこで――食堂《しょくどう》の扉《とびら》がひらくのを――まちかまえました。

一日じゅうしめきられている扉のなかには、クリスマスの秘密《ひみつ》が封《ふう》じこめられています。やっと扉がひらくと、大量《たいりょう》の光が玄関《げんかん》にあふれました。ああ、そこはただの食堂ではなく、魔法《まほう》の庭のようでした。ツリーにはたくさんの蠟燭《ろうそく》がともされ、ワイングラスは雪のようなテーブルクロスの上で、氷《こおり》のようにきらめき、壁《かべ》のくぼみやマントルピースや窓敷居《まどじきい》には、あふれるほどに花が飾《かざ》ってありました。ツリーの根《ね》もとには、きれいな包《つつ》み紙《がみ》につつまれたプレゼントの山。そしてツリーのてっぺんには、たったいま魔法《まほう》の杖《つえ》をさしのばして、部屋を飾《かざ》りつけ終《お》えたかのような姿《すがた》で、クリスマスの妖精《ようせい》が立っています。妖精の頭は砂糖《さとう》づけのプラムで、ドレスは綿菓子《わたがし》でできています。

クララのもらったプレゼントは、ドレスと、お人形《にんぎょう》のベッドと、サトウキビの飴《あめ》の棒《ぼう》と——それから、なによりもほしかったもの——ピンクのバレエシューズです。喜《よろこ》びに目をうるませて、クララはさっそく踊《おど》りはじめました。

突然《とつぜん》、玄関《げんかん》の時計が九時を打《う》つと同時に、すさまじい風が吹《ふ》きこんできて、蠟燭《ろうそく》の火がゆらめき、人びとはぞくっと身をふるわせました。一瞬《いっしゅん》、部屋は真《ま》っ暗《くら》になったようでした。なにか黒いものがそばを通りすぎたので、シュタールバウム夫人《ふじん》は小さく悲鳴《ひめい》をあげました。またいっせいに蠟燭《ろうそく》がともると、そこにはやせて背《せ》の高い黒ず

くめの老人《ろうじん》が立っていました。雪がぶあつくつもったフードで顔をかくし、足もとには黒い袋《ふくろ》を置《お》いています。しんとした沈黙《ちんもく》のあと――

「ドロッセルマイエルおじさん。」クララが叫《さけ》びました。走っていって、おじさんを抱《だ》きしめます。「あたしはちっともこわくなかった！」

「驚《おどろ》きましたよ、ドロッセルマイエルさん。」お父さんも声をあげました。「またこれは、ひとさわがせな登場《とうじょう》のしかただ。」でも、みんなはこの老教授《ろうきょうじゅ》に会えて、大喜《おおよろこ》びでした。クリスマスには、ドロッセルマイエル教授のもってくるすばらしいプレゼントは欠《か》かせません。

教授《きょうじゅ》がこしらえるようなすてきなおもちゃは、どんなお店にも売っていません。でも今年《ことし》のクリスマス・イブには、ドロッセルマイエル教授はプレゼントをもってきただけではありませんでした。

「これはわしの甥《おい》のカールです。」

「そんなことどうでもいいよ。ぼくへのプレゼントは？」とフリッツ。

「はじめまして、カール。」クララはいって、スカートをつまんでおじぎをしました。なんてきれいな男の子でしょう。とてもやさしい笑《わら》い方《かた》をします。フリッツもこんなだったらいいのに。クララは、ついそんなことを考えました。

「では、と——。」ドロッセルマイエルおじさんはとがった鼻を、長細《ながほそ》い黒い袋《ふくろ》につっこみました。「名づけ親として、今年《ことし》は、ぜんまいじかけのネズミを作ってきたんだよ。」

「ぼくにちょうだい！」フリッツが叫《さけ》んで、ネズミをひったくりました。

「ホビーホース（ステッキ型《がた》のおもちゃの馬）はふたりでなかよく使うんだよ。」ドロッセルマイエルおじさんはきっぱりといいました。

「いやだ、ぼくが使うんだ。」フリッツが叫んで、ネズミをほうりだすと、ホビーホースをひったくります。

「この箱《はこ》はおもちゃの兵隊《へいたい》だよ。」

フリッツはまたホビーホースをほうりだし、おもちゃの兵隊を、あちこちにまき散《ち》らしました——兵隊人形《へいたいにんぎょう》はきれいに色をぬられ、真《ま》っ赤《か》な軍服《ぐんぷく》に、花型《はながた》の記章《きしょう》のついた帽子《ぼうし》、ぴかぴかの長靴《ながぐつ》、そして金《きん》のとめがねのついた小嚢《しょうのう》をせおっています。

「でも、こっちはクララに。クララお嬢《じょう》さま、こちらがクラッコ隊長《たいちょう》ですぞ。」おじさんは、人形《にんぎょう》をクララに抱《だ》かせました。やはり兵隊人形ですが、ほかのよりも大きく、

木でできています。頭はばかでかく、真《ま》っ白《しろ》な歯《は》をむいて笑《わら》っています。上着《うわぎ》の背中《せなか》の黒いすそはもちあがるようになっていて、すそをあげると、クラッコ隊長《たいちょう》の口が、ぱっとひらきます。「ほら、おなかがすいてるんだ。気《き》の毒《どく》な紳士《しんし》に、木の実をあげてくれないか。」ドロッセルマイエルおじさんにいわれて、クララが小さなヘーゼルナッツを人形《にんぎょう》の口に入れ、上着《うわぎ》のすそをおしさげると、唇《くちびる》がとじ、クラッコ隊長は、ナッツをかみ割《わ》っていました。

「くるみわり人形だね。ちょうどほしかったんだ。」フリッツが叫《さけ》んで、ひとをかきわけて、こっちへやってきました。

「だめだよ、これはクララだけのおもちゃだ。」おじさんはきっぱりいいました。

「クララの？　女の子に兵隊人形《へいたいにんぎょう》なんてへんだよ。」フリッツはむっとして、手をのばし、くるみわり人形をひったくり、大きなくるみをそのあごにつっこみました。うまくあごがしまらなかったので、そのまま人形の頭を床《ゆか》にぶつけてしめようとしました。

クララはわっと泣《な》きだしました。人形《にんぎょう》はこわれて床に転《ころ》がり、なおしようがないようにみえました。楽しいクリスマスも、いっきに台《だい》なしです。

カール・ドロッセルマイエルはできるだけのことをしようとしました。傷《きず》ついた人《にん》

形《ぎょう》に大きなハンカチで包帯《ほうたい》をしてやり、クララは、もらったばかりの人形《にんぎょう》のゆりかごに、クラッコ隊長《たいちょう》を寝《ね》かせました。ドロッセルマイエルおじさんは、さあ、踊《おど》りの時間だ、と声をかけ、ワルツがはじまったので、この小さな悲劇《ひげき》も忘《わす》れさられたようにみえました。

　でもクララは忘れませんでした。お客がみんな帰って、蠟燭《ろうそく》が消《き》え、家族が寝《ね》にいって、大きな屋敷《やしき》のなかが静《しず》まりかえっても、クララの頭からは、傷《きず》ついた隊長《たいちょう》のことがはなれませんでした。それで、そっと二階からおりてきて、こわれた頭がほんとうになおらないかどうかを、たしかめようとしました。

　真夜中《まよなか》でした。部屋に入ったとたん、ドロッセルマイエルおじさんのぶきみな時計が十二時を打《う》ったのです。窓《まど》のまえには、大きなツリーがぼうっとうかびあがっています。クララはクラッコ隊長《たいちょう》を小さなゆりかごから抱《だ》きあげ、大きな曲《ま》がった口にキスしました。「かわいそうに。」眠《ねむ》くてあくびをしながら、つぶやきました。「でも、こわれていてもいなくても、あたしはあなたが大好《だいす》き。」ツリーの枝《えだ》がざわめきます。

　そのとき別《べつ》の音がきこえました。床《ゆか》と壁《かべ》の接《せっ》するあたりを、なにかがさっと走ります。カリカリと爪《つめ》がひっかく音。クララは大きなソファの上に飛《と》びあがり、ネグリジェのすそを足にまきつけました。ネズミだ！

小さなネズミがこわいなんて、ふしぎだと思いますか。でも、このネズミをみたら、あなたもきっとこわくなりますよ。それはちっぽけなネズミではなく――ネズミよりも、ネコよりも、犬よりも、大きくなってゆき――とうとう、クララ自身《じしん》よりも大きくなりました。曲《ま》がった爪《つめ》のひとつにサーベルをもち、すりきれた耳のあいだには、金《きん》の冠《かんむり》がのっています。「ネズミ軍《ぐん》、突撃《とつげき》だ。あいつが眠《ねむ》っているあいだに、殺《ころ》すんだ。」ネズミの王さまがわめきました。

「眠ってなどいるものか。」おそれを知らない声がひびき、クラッコ隊長《たいちょう》がぱっと立ちあがります。

ほんとうに、あの人形《にんぎょう》なのでしょうか？　まさか。隊長《たいちょう》はとても背《せ》が高く、ネズミの王さまと同じくらいになっています。そして、隊長の号令《ごうれい》におうじて、武器《ぶき》をかまえたおもちゃの兵隊《へいたい》たちも、クララと同じくらいの背丈《せたけ》がありました。

ネズミたちが突進《とっしん》してきます。騎兵隊《きへいたい》は銀《ぎん》の剣《けん》を銃《じゅう》に刺《さ》しこみ、いっせいに反撃《はんげき》にうつりました。ネズミの王さまは血《ち》も凍《こお》るような鬨《とき》の声《こえ》をあげ、それが隊長《たいちょう》のやつぎばやの命令《めいれい》とまじりあいます。クララははじめ、ソファのクッションのあいだに身を

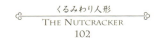

まるめていましたが、戦闘《せんとう》がはげしくなったので、ひざをついて起《お》きなおり、こぶしでソファの背《せ》をたたいて叫《さけ》びました。「みんな、がんばって。やっつけて！　きゃあ。」

クラッコ隊長《たいちょう》が不運《ふうん》にも足をすべらせて、ひっくりかえったところに、すかさずネズミの王さまがサーベルをふるい、隊長の剣《けん》をはじきとばします。もはや一刻《いっこく》の猶予《ゆうよ》もなりません。クララは上《うわ》ばきをぬいで、投《な》げつけました――バシン、とネズミの王さまの後《うし》ろ頭《あたま》にぶつかりました。

ほおひげがぴくぴくします。爪《つめ》のある足があちらこちらと宙《ちゅう》をかきます。金《きん》の冠《かんむり》が転《ころ》がり落《お》ちました。クラッコ隊長《たいちょう》ははねおき、騎兵隊《きへいたい》がさっとまわりをとりかこみます。最後《さいご》の力強い突撃《とつげき》で、兵隊《へいたい》たちはネズミ軍《ぐん》をおしかえしました。おくびょうなネズミたちはキーキー鳴きながら、傷《きず》をなめに、地下《ちか》の王国へもどっていきました。

「あなたのおかげです。」隊長《たいちょう》は叫《さけ》んで荒《あら》い息をつきながら、クララにおじぎをしました。かかとをかちっと打《う》ちあわせて、こういいました。「ネズミの王の冠《かんむり》を、あなたにかぶっていただき、女王のもとにおつれしたい。女王じきじきに、あなたの勇気《ゆうき》にお礼《れい》をいわれるでしょう。」

「女王？」

「そうですよ。わが国の女王、わたしの母です。レモネード海《かい》をわたったところにお菓子《かし》の国があるのです。」

クララは隊長《たいちょう》をみあげ、相手《あいて》がただのくるみわり人形《にんぎょう》でもなく、かっこうのよい兵《へい》隊《たい》でもなく、正真正銘《しょうしんしょうめい》の王子であることを一瞬《いっしゅん》にさとりました。ふしぎなことに、ドロッセルマイエルおじさんの甥《おい》のカールにそっくりです。まるで兄弟のようでした。

ふたりは、緑のアンゼリカの帆《ほ》を張《は》った大きなくるみの殻《から》の舟《ふね》にのり、真《ま》っ赤《か》な軍《ぐん》服《ぷく》の兵隊《へいたい》たちといっしょに、出発しました。レモネードの海はへさきの下でシュワシュワと音をたて、うしろには銀《ぎん》の泡《あわ》が長くのびてゆきます。

きゅうに粉雪《こなゆき》が舞《ま》いはじめて、クララの家はすっかりみえなくなりました。

お菓子《かし》の国では、ネズミ軍《ぐん》への大勝利《だいしょうり》を祝《いわ》って、早くもお祝《いわ》いの用意がととのっていました。どの通りにも幔幕《まんまく》（横長の幕）がかかげられ、くるみの殻《から》の舟《ふね》が入っていく波止場《はとば》には、小旗《こばた》をうちふる人びとがならんでいました。クララが岸にあがると、ジンジャーブレッドでできた男の子が砂糖《さとう》ごろもの花束《はなたば》をさしだし、家という家の窓《まど》からは何千何万《なんぜんなんまん》もの花が降《ふ》りそそぎました。緑のマジパンの草地《くさち》には、メレンゲの天《てん》幕《まく》が張《は》られ、白いクロスのテーブルの上には、すばらしいお菓子《かし》が山盛《やまも》りです。王家

の金庫《きんこ》がいくつも空《から》にされ、なかに入っていたチョコレートの貨幣《かへい》が、お祝《いわ》いの費用《ひよう》にあてられました。

ひときわ目にたつひとりが、クララと王子を女王のまえに案内《あんない》してゆきました。それはシュガープラムの妖精《ようせい》でした。背《せ》が高く、美しく、しなやかで、とけた砂糖《さとう》よりもきらきら光るドレスをまとっています。「さあ、こわがらないで。どうぞお話を。」と、クララにいいました。

クララはすそをつまんで、女王におじぎをしました——女王はきらびやかで陽気《ようき》な方《かた》で、服にも髪《かみ》にもさまざまな色のお菓子《かし》がちりばめられていました。

「母上《ははうえ》。こちらはクララ、シュタールバウム家《け》のお嬢《じょう》さんです。とっさの機転《きてん》と勇気《ゆうき》でわたしたちを救《すく》ってくださいました。」クラッコ王子がいいます。

「ようこそ、ここへ。」女王は大きな声でいい、椅子《いす》から立ちあがると、赤いじゅうたんをしずしずとこちらへ歩いてきました。「クラッコが無事《ぶじ》に帰ってこられたのは、あなたのおかげだとききました。ありがとう、ほんとうにありがとう。百万回もお礼《れい》をいいますよ。」と、クララをあたたかく抱《だ》きしめ、大きな音をたてて、額《ひたい》にキスしてくれました。

シュガープラムの妖精《ようせい》が手をたたくと、特別《とくべつ》なお客《きゃく》さま用に、熱《あつ》いチョコレートとお茶が運《はこ》ばれてきました。けれどテーブルに置《お》かれた瞬間《しゅんかん》、その飲《の》み物《もの》たちが踊《おど》りだしたのです。スペイン風《ふう》のチョコレート、アラビアのコーヒー、中国のお茶がそれぞれふうがわりな踊《おど》りをみせ、カップがソーサーの上でくるくるまわりました――が、中身は一滴《いってき》もこぼれません。

やがてサトウキビの飴《あめ》の棒《ぼう》たちが入ってきました。海辺《うみべ》で男のひとが着るような、ストライプのスーツを着て、女のひとたちと腕《うで》を組んでいます。

ミセス・ボンボン（いつでも子どもたちを黒と白のクリノリンの下に入れています）が、子どもたちをだしてやって踊《おど》らせました。子どもたちが、ちょっと踊っては、お母さんの安全《あんぜん》なスカートの下に逃《に》げかえるのをみて、クララは笑《わら》って手をたたきました。花たちも出てきて、緑の草の上で、ワルツを踊《おど》りだしました――庭でみかけるような花ではなく、クリスマスケーキの真っ白な砂糖《さとう》ごろもの上で、砂糖の花びらをたわめている花たちです。午後《ごご》にはすこし雪が降《ふ》りましたが、それも砂糖ごろもの粉《こな》でした。お菓子《かし》の国では、クリスマスと真夏《まなつ》が同居《どうきょ》できるのです。

いちばんすばらしい踊《おど》りをみせたのは、シュガープラムの妖精《ようせい》で、おつきの粋《いき》な騎《き》

士《し》がお相手《あいて》でした。クララが目を皿《さら》のようにしてみつめていると、クラッコ王子が身《み》をよせてきて「あのふたりは恋人同士《こいびとどうし》なんです。」とささやきました。それをきいたあとでは、クララはあんまりみつめたら失礼《しつれい》にあたると思い、遠慮《えんりょ》しました。

「なんてすてきなバレエシューズでしょう。」突然《とつぜん》、女王がクララの足もとをみて叫《さけ》びました。「わたしたちのために、あなたも踊《おど》ってちょうだい。」

「あたしはちゃんと踊れません。とにかく、まだだめです。この靴《くつ》はドロッセルマイエルおじさんからクリスマスにいただいたんです。」

「いい方《かた》ね。でもここでは、クリスマスにプレゼントはしませんよ。」クララはそうきいても、驚《おどろ》きませんでした。お菓子《かし》の国のひとたちは、ほしいものならなんでももっているようにみえましたから。「かわりに妖精《ようせい》たちが、クリスマスにひとつずつ願《ねが》いをかなえてくれます。お菓子の国では、願《ねが》いごとがひとりにひとつずつかなうのですよ。」

そこでクラッコ王子が思いつきました。「もうクリスマスの朝になりそうだし、クララはお菓子《かし》の国にきています。クララの願《ねが》いもひとつかなえてもらいましょう。」

クララは、目のまえの鉢《はち》に入った真夏《まなつ》のイチゴのように真《ま》っ赤《か》になりましたが、シュガープラムの妖精《ようせい》は、王子の呼《よ》びかけにこたえ、クララの頭の上で、ゆるやかに

銀《ぎん》の杖《つえ》をふりうごかしました。「あなたのクリスマスの願《ねが》いはなにかしら。」

クララはすこしも迷《まよ》いませんでした。「あなたみたいにすてきに踊《おど》りたいんです。」

クラッコ王子が椅子《いす》から立ちあがると、頭《こうべ》をたれて一礼《いちれい》しました。腕《うで》をさしだします。

「もう、帰らなきゃいけないんですか。」クララはがっかりしていいました。

王子は笑《わら》いました。「いいえ、ちがいますよ。踊《おど》るなら、パートナーがいると思ったので。」

こうしてクラッコ王子とクララは踊《おど》りました――だれもみたこともないほどすてきな踊りでした。クララの願《ねが》いはかない、新しいバレエシューズで、どんな妖精《ようせい》にも負けず、最高《さいこう》のバレリーナにもおとらず、踊ることができたのです。踊っているあいだ、クラッコ王子は、濃《こ》いチョコレート色の目で、じっとクララをみつめましたので、クララはすこしはずかしくて、ばつがわるくなりました。「クラッコ王子、あなたのクリスマスのお願《ねが》いは？」どうしてもきいてみたい気がしました。

「それはね、いつの日か、あなたが大人《おとな》になったら、もう一度このお菓子《かし》の国でいっしょに踊《おど》りたいということですよ。」

ふたりはいつまでも踊りつづけましたが、シュガープラムの妖精《ようせい》が、もう時間です、と告《つ》げにきました。「これ以上《いじょう》おそくなると、クララは自分のおうちでクリスマスの朝を祝《いわ》えなくなりますよ。」

しかたなく、クララは女王に別《わか》れのあいさつをし、王子といっしょにくるみの殻《から》の舟《ふね》にのって、帰りの旅につきました。シュワシュワとレモネードの海が泡立《あわだ》ちます。まるで、冬の松《まつ》の森の枝《えだ》がすれあう音のようでした。空中《くうちゅう》に舞《ま》う雪は、月光《げっこう》をあびてまぶしく、クララは目をとじ、舟《ふね》はゆるやかにやさしく、クリスマスにもらった新しいお人形《にんぎょう》のゆりかごのように、ゆれていました。

クララがまた目をあけると、ほおにあたっているのは、クラッコ王子の赤いビロードの上着《うわぎ》ではなく、ソファの上のなめらかなクッションでした。腕《うで》にはまだ、こわれたくるみわり人形を抱《だ》いていましたが、家全体はまだ、雪のクリスマスの灰色《はいいろ》の朝の光のなかで、まどろんでいました。

いまのは夢《ゆめ》だったのでしょうか。

でもそれなら、なぜ、クラッコ隊長《たいちょう》のあごはなおっているのでしょう。まるで新品《しんぴん》のようです。おまけに、クララの額《ひたい》のまんなかには、キスの赤いあとがくっきりと残《のこ》っていたのです。

ROMEO AND JULIET

ロメオとジュリエット

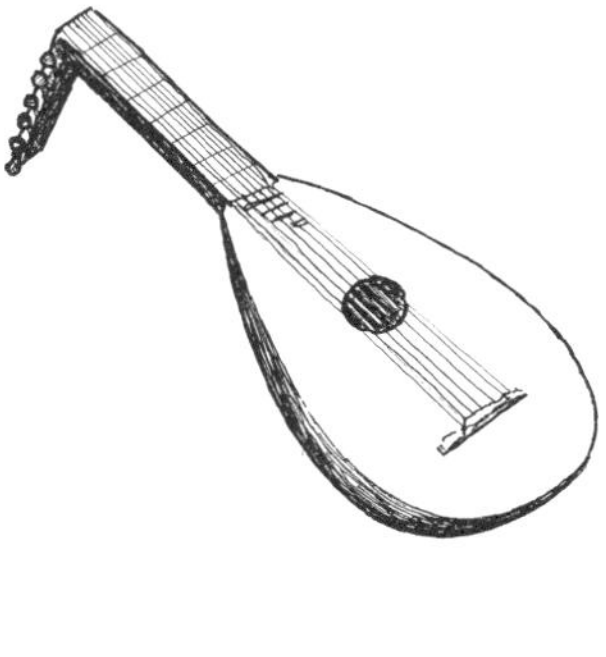

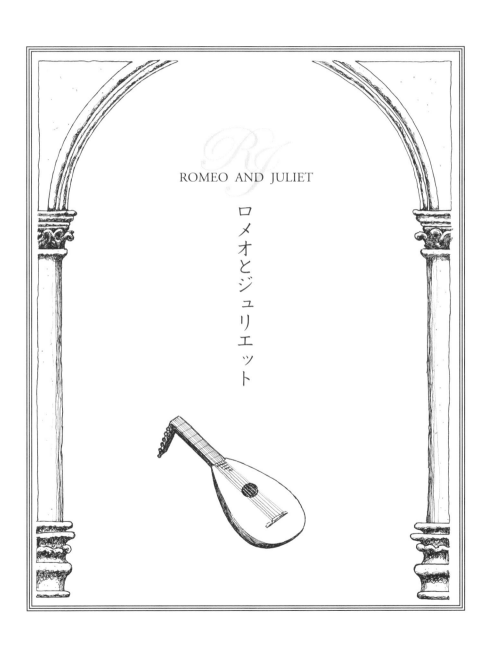

ROMEO AND JULIET

[登場人物]

ロメオ：モンタギュー家《け》の息子《むすこ》。

ジュリエット：キャピュレット家の娘《むすめ》。

ばあや：ジュリエットの乳母《うば》。

マーキューシオとベンヴォーリオ：ロメオの親友。

ティボルト：ジュリエットのいとこ。モンタギュー家《け》を目《め》の敵《かたき》にしている。

パリス伯爵《はくしゃく》：ジュリエットの両親が決《き》めた結婚相手《けっこんあいて》。

ローレンス神父《しんぷ》：ロメオとジュリエットの味方《みかた》となる。

[場面]

イタリア、ヴェローナの街《まち》からはじまる。

憎《にく》しみのとなりには愛《あい》が住んでいる、といいます。はるかなむかし、熱《あつ》い時代のヴェローナは、まさにそうでした。照《て》りつけるイタリアの太陽《たいよう》は、愛にも争《あらそ》いごとにも同じだけ火をつけます。若者《わかもの》は愛にとことんのめりこむか、路上《ろじょう》で命《いのち》のやりとりをするかでした。永遠《えいえん》の愛《あい》を誓《ちか》ういっぽうで、ささいな理由《りゆう》で復讐《ふくしゅう》を誓うのです。

キャピュレット家《け》とモンタギュー家のあいだの仲《なか》たがいは大むかしからで、だれもそのきっかけをおぼえていませんでした。けれども両家《りょうけ》の若者《わかもの》はなにかといざこざの種《たね》をみつけては、けんかをしました。そのたびに、両家のあいだの憎《にく》しみはつのっていきました。こんな天気のいい日には、もっとましなことをすればよさそうなものなのに、今日《きょう》もむなしい言《い》い合《あ》いがおきました。

「あのひとに首《くび》ったけなんだ。」ロメオが大声でいいます。友だちのマーキューシオは、うっといって、相手《あいて》の肩《かた》をたたきました。ロメオはいつもだれかにひとめぼれをしています。今日《きょう》はロザライン。明日《あした》はまた相手がかわるでしょう。

突然《とつぜん》、熱風《ねっぷう》が吹《ふ》きこむように、若者《わかもの》の一団《いちだん》がずかずかと市場《いちば》にふみこんできました。

キャピュレット家の当主《とうしゅ》の甥《おい》ティボルトとそのおつきの若者《わかもの》、ピーター、サムソン、グレゴリーです。だれかにからみたくて、しかたがないようでした。ののしりあい、悪口《わるくち》の応酬《おうしゅう》、相手《あいて》を見くだすポーズ、挑発的《ちょうはつてき》な言葉が、とびかいます。「このいくじなしの腰《こし》ぬけ野郎《やろう》。」

「腰ぬけだと。やっつけてやる。」

「いつだ。一度だってその剣《けん》をぬいたことはないだろう。どうせぬく勇気《ゆうき》もないくせに、ただの飾《かざ》りだろう。ああ、そうだな、ガキどもへのこけおどしには、おあつらえむきかもな。」賢明《けんめい》な親であれば、このあたりで、すばやく割《わ》って入るでしょう。でもモンタギュー家《け》とキャピュレット家の当主《とうしゅ》は、息子《むすこ》たちと同じように、長年《ながねん》のばかげたいがみあいにどっぷりつかっていました。とうとう、剣《けん》がぬかれました。

「やめろ！」

市場《いちば》にいた人びとはいっせいに、さっと膝《ひざ》をつきました。ヴェローナの大公《たいこう》のひと声です。「モンタギューにキャピュレット、恥《はじ》を知るがよい。余《よ》の治《おさ》める街《まち》の一角《いっかく》で、内輪《うちわ》のくだらぬ喧嘩《けんか》ざたを何年つづけるつもりだ。いいかげんにするがよい。たったいまこの場でうらみをたちきるのだ。おたがいの手をとって、和解《わかい》せよ。みなが後悔《こうかい》

するような大事《だいじ》にいたらぬうちにな。」

キャピュレット家《け》のものたちはひきさがりました。モンタギュー家のものもさっさとその場を立《た》ち去《さ》りました。けれど路上《ろじょう》には、暑《あつ》い日にものが腐《くさ》るときのように、憎《にく》しみのいやなにおいがくすぶりつづけていました。

いっぽうキャピュレット家のひとりだけは、いさかいや争《あらそ》いのことなどつゆも思わずに、うっとりと夢《ゆめ》みながらすわっていました。もちろん、この娘《むすめ》ジュリエットも両《りょう》家《け》の対立《たいりつ》のことは知っています。一族《いちぞく》がみなモンタギュー家を憎《にく》んでいるので、自分でも憎いような気がしていました。

でも、いまはもっとだいじなことが気にかかっています。まだ若《わか》い——たった十四です——のに、両親はそろそろ結婚《けっこん》をと考えています。結婚！　ばあやは結婚がどんなものかを、すこし教えてくれました。けれども、いとこのティボルト以外《いがい》の若者《わかもの》と口をきいたことのないジュリエットには、その話はおもしろおかしいものでしか、ありませんでした。ばあやとジュリエットは声をあわせて笑《わら》いました。ジュリエットが自分たちよりも、ばあやになついているのをみて、両親は悲しい思いをしました。

堂々《どうどう》として気高《けだか》く、気性《きしょう》がはげしく……そしてすこし冷《つめ》たいところのあるキャピュレット夫妻《ふさい》は、若《わか》くて風采《ふうさい》のよい貴族《きぞく》のお客をつれて、ジュリエットの部屋にのりこんできました。

「こちらはパリス伯爵《はくしゃく》とおっしゃって。」キャピュレット夫人《ふじん》は娘《むすめ》にいいました。「光栄《こうえい》にもおまえに会いたいと、やってこられたのですよ。夢《ゆめ》のようなお話。伯爵さまがジュリエットに思《おぼ》し召《め》しとは。こんなおめでたいことはありません。」

「パリス伯爵《はくしゃく》、お初《はつ》にお目にかかります。」興奮《こうふん》に胸《むね》をときめかせながら、ジュリエットはていねいにいいました。ええ、そうです。家代々《いえだいだい》のいさかいやうらみよりも、もっと大切《たいせつ》なことを考えるときです。

伯爵《はくしゃく》のヴェローナ来訪《らいほう》を祝《いわ》って、盛大《せいだい》なパーティがもよおされました――キャピュレット屋敷《やしき》にはお客が百人も呼《よ》ばれています。モンタギュー家のものは、当然《とうぜん》ながら招待《しょうたい》されていません。でも、ロザラインは出席《しゅっせき》します。

「ロザライン。ぼくの命《いのち》、ぼくの喜《よろこ》び。いまこそ、あのひとと踊《おど》れる機会《きかい》だ。」ロメオはパーティ用の仮面《かめん》をつけながらいいました。

「おい、キャピュレット家《け》の舞踏会《ぶとうかい》にゆくのか。そいつはライオンの口のなかに飛《と》び

こむようなものだぞ。」マーキューシオは苦《にが》い顔です。

「そうだな。だけど快挙《かいきょ》だぜ。キャピュレット家《け》の食《く》い物《もの》をくって、キャピュレット家の音楽で踊《おど》るんだ。」友だちのベンヴォーリオは乗《の》り気《き》です。

「そしてロザラインと踊る！」ロメオがつぶやくと、友だちふたりはやれやれといって、耳に指をつっこみ、きかないふりをしました。

モンタギュー家《け》の三人組が仮面《かめん》をつけて到着《とうちゃく》したときには、舞踏会《ぶとうかい》はもうはじまっていました。ジュリエットはパリス伯爵《はくしゃく》と踊《おど》り終《お》わっていましたし、結婚《けっこん》のうわさもすでにひろまっていました。

「ええと、ロザラインはみつかったかい。」とマーキューシオ。

「だれの話だって？」ロメオはジュリエットをみつめ、視線《しせん》がそこに吸《す》いついてはなれないようすです。

「またか。いいかげんにしろよ。」ベンヴォーリオは、ロメオの気まぐれがおきたのに気づきました。

「まずいぜ。」マーキューシオはロメオの興味《きょうみ》を、ジュリエット・キャピュレットからそらさせようとしました。おそすぎました。ジュリエットはふりむきました――ライラック色の目と、ほんのり色づいたほお、うっすらひらいた唇《くちびる》はせわしなく息をついています。

ロメオのこれまでの子どもっぽい初恋《はつこい》は、粉《こな》みじんになりました。心臓《しんぞう》がハンマーのように打《う》ちはじめます。ふたりはひとこともかわしませんでした。でも、ふたりは踊《おど》りはじめました。ずっとむかしからいっしょに踊ってきたかのように、音楽がはじまるやいなや、広間《ひろま》にいる人びとのこともすべて忘《わす》れて踊りつづけ——そのさなかに、ロメオはもっとよくみようと、自分の仮面《かめん》をあげて、ジュリエットの目をのぞきこみました。

「あいつ、モンタギューだ。けがらわしいモンタギューのやつ。」ティボルトが声をあげました。ロメオに体当《たいあ》たりしてきました。なぐりあいがはじまりかけたところへ、キャピュレット家の当主《とうしゅ》が割《わ》って入りました。

「ティボルト！　今朝《けさ》の市場《いちば》での大公《たいこう》のおおせを忘《わす》れたか。われわれのいさかいを禁《きん》じられたのだ。それにだ……伯爵《はくしゃく》をおむかえしてひらいた舞踏会《ぶとうかい》で、ひと悶着《もんちゃく》あったら、伯爵はなんと思われる？　そなた——モンタギュー家《け》の——ロメオと申《もう》されたか。」

「さようです。」

「ロメオ。」と、ジュリエットはつぶやきました。

「ようこそ。気のすむまでここで楽しまれよ。」老《ろう》キャピュレットはいいましたが、その言葉は、怒《いか》りにくいしばった唇《くちびる》のあいだから、かろうじて発《はっ》せられました。モンタギュー家《け》のものに愛想《あいそ》のよい言葉をかけるのは、たいそうむずかしいことでした。

ロメオは相手《あいて》の気持ちをさかなでするようなことはしませんでした。すぐにその場を立《た》ち去《さ》りました。それにもう、今夜《こんや》からは、キャピュレット家《け》にけんかを売ろうという気にはなれません。そのひとりに恋《こい》をしてしまったのですから。

ティボルトは伯父《おじ》ほど、大公《たいこう》のおおせを敬《うやま》ってはいませんでした。「あいつをやっつけてやる。」と小声《こごえ》でいいました。「今夜《こんや》はともかく、近いうちに、逃《に》げをうてない場所で決着《けっちゃく》をつけてやるぞ、ロメオ・モンタギュー。」

舞踏会《ぶとうかい》は夜おそくに終《お》わりましたが、ジュリエットは眠《ねむ》れませんでした。頭のなかには思いがうずまき、心臓《しんぞう》はどきどきしています。

「ロメオ。」その名を口のなかで味《あじ》わいます。「ロメオ、ロメオ、ロメオ。」ジュリエットは寝室《しんしつ》の窓《まど》の外のバルコニーに立って、月明《つきあ》かりに照《て》らされた果樹園《かじゅえん》をながめ

やりました。「ロメオ、ああ、どうしてあなたはモンタギューなの？　どうして？」「名前がなんだというんです。」答える声がかえってきました。「一族《いちぞく》がなんだというんです。」ロメオの声でした。愛《あい》するジュリエットのいる屋敷《やしき》から立《た》ち去《さ》りがたくて、果樹園《かじゅえん》に身《み》をひそめていたのです。「ロメオとジュリエット。だいじなのはその名前だけだ。」

そしてロメオは花咲《はなさ》く枝《えだ》をつたって、バルコニーにのぼってくると、イチゴのように甘《あま》いジュリエットのキスを味《あじ》わいました。

そのあとでは、もうおたがいはなればなれに生きることは考えられませんでした。ロメオとジュリエット、ジュリエットとロメオ。ロメオはだれかと結婚《けっこん》するなど、これまで思ってもみませんでした。でもいまは、ジュリエットとの結婚しか考えられません。ジュリエットは承諾《しょうだく》してくれるだろうか。うたがいに心をさいなまれます。そして、ジュリエットをうたがうなんて、と自分を責《せ》めました。

つぎの日、すっかりふぬけのようになって、ロメオが市場《いちば》をふらふら歩いていると、目に入るのは花嫁《はなよめ》、花婿《はなむこ》ばかりのように思えました。結婚式《けっこんしき》の行列《ぎょうれつ》がやってきます。幸《しあわ》せなふたりを、ロメオはうらやましく思いました。でもすぐに、思いなおしました。

この世《よ》がはじまって以来《いらい》、ロメオとジュリエットほど深《ふか》く愛《あい》しあったものはいないはずだと。

そのとき、人ごみをかきわけて、ジュリエットのばあやがやってきました。ジュリエットは、ばあやにだけはこの恋《こい》のことを打《う》ち明《あ》けていました。ばあやはこんな手紙をさしだしました。

おわかりと思いますが、あなたをお慕《した》いしています。
結婚《けっこん》を申《もう》しこんでくださるなら
心からよろこんでお受《う》けいたします。

「ぼくと結婚《けっこん》したいと！」ロメオは叫《さけ》んで、手紙にキスしました。

「しっ。お静《しず》かに。」ばあやがたしなめました。「キャピュレットとモンタギュー同士《どうし》の結婚《けっこん》ですよ。ぜったいにじゃましたいと思うものが、ヴェローナには何人もおります。わたくしですか。わたくしは、まことの愛《あい》はつらぬくべきだと思っております。ですから――すぐにわたくしといっしょに――神父《しんぷ》さまのもとへまいりましょう。

ジュリエットお嬢《じょう》さまが、そこでおまちです。あなたがお望《のぞ》みなら花嫁《はなよめ》になるおつもりで……もしも、おいやとおっしゃるなら、誓《ちか》って、あなたさまほどの愚《おろ》か者《もの》はおらぬと申《もう》しあげます。」ばあやはすさまじいけんまくでいいました。「ですから、大きな声はおつつしみください。」

こうしてロメオとジュリエットは結婚《けっこん》しました。小さな暗《くら》い室内で、立ち会うものはばあやと年老《としお》いた神父《しんぷ》だけでした。ローレンス神父はふたりの結婚《けっこん》を宣言《せんげん》しました。ふたりを祝福《しゅくふく》したあとで、神父はこういったのです。「そなたらの結婚は、ふたつの名家《めいか》の憎《にく》しみを消《け》すことになろうが、とりあえずこのことは秘《ひ》めておき、ころあいをみて公《おおやけ》にするのがよかろう。さもないと、面倒《めんどう》なことにもなりかねぬ。」

そこで花嫁《はなよめ》、花婿《はなむこ》は結婚《けっこん》を秘密《ひみつ》にすることにし、今夜《こんや》またジュリエットのバルコニーで会うことにして、いったん別《わか》れました。ロメオはいつもの友人たちと合流《ごうりゅう》しましたが、あまりにも晴《は》れやかな顔は、別人《べつじん》のようでした。

「そのやにさがった面《つら》をたたきなおしてやる。」不吉《ふきつ》で剣呑《けんのん》な声がかかりました。ティボルトです。剣《けん》を帯《お》びており、昨夜《さくや》よばれもせぬパーティにおしかけたロメオに思い知らせてやるつもりでした。

ロメオはぎょっとしました。ティボルト本人は知りませんが、いまやティボルトはロメオの身内《みうち》でもあるのです――ジュリエットのいとこですから、ロメオのいとこでもあります。「ティボルト、きみとは戦《たたか》いたくない。わけはいえないが……。」

「わけなら、おれがいってやろう。きさまが腰《こし》ぬけだってことだ。」

「ちがう。ただ戦いたくないだけだ。ちゃんと理由《りゆう》がある。」

マーキューシオとベンヴォーリオはまじまじとロメオをみつめました。売られたけんかから逃《に》げるのか。これでは三人とも腰《こし》ぬけのようではないか。

「ロメオがやらんのなら、おれがやる。」マーキューシオが叫《さけ》んで、剣《けん》をぬきました。

「だめだ、だめだ、やめてくれ。」ロメオはいって、剣をもった友だちの腕《うで》をおさえようとしたその瞬間《しゅんかん》――ティボルトが突《つ》っこんできました。剣の切《き》っ先《さき》はマーキューシオの脇腹《わきばら》に、ふかぶかと刺《さ》さりこみました。ロメオの腕《うで》のなかで、彼《かれ》は、ふたつの家の争《あらそ》いのせいで、おれはこんなに早く死《し》ぬことになったんだ、と嘆《なげ》きながら、息をひきとりました。

ロメオの頭からは、ティボルトが身内《みうち》だという思いが吹《ふ》き飛《と》びました。親友《しんゆう》が、自分のせいで殺《ころ》されたことしか考えられませんでした。彼《かれ》は剣《けん》をひろいあげ、怒《いか》りにす

べてを忘《わす》れて、ティボルトに突進《とっしん》するなり、長くするどい切《き》っ先《さき》で、相手《あいて》の体をつらぬきました。

なにをしてしまったのか、ロメオが愕然《がくぜん》としてわれにかえったのは、ヴェローナ大《たい》公《こう》そのひとが兵士《へいし》をしたがえてやってきたときでした。「そなたらモンタギューの家のものには、いがみあいをやめるように申《もう》しつけたはずだ。みよ。わしの治《おさ》める通りは血《ち》でけがれ、街《まち》の平和は打《う》ち砕《くだ》かれた。おまえは、明日《あす》の夜明《よあ》けまでにヴェローナを出て、もどってくることはまかりならぬ。もどってくれば、死罪《しざい》であるぞ。」

でも、死の恐怖《きょうふ》も、ジュリエットとはなれればなれになる苦《くる》しみとは、くらべものになりません。ロメオはその夜、手はずどおりにジュリエットに会いました。ふたりとももう子どもではありませんでした。この一日で、ふたりはあまりにも早く、大人《おとな》へと成長していました。

「ひと殺《ごろ》し、どうしてティボルトを殺したの？　わたしのいとこを。ずっと仲《なか》がよかったのに。お兄さんのように思っていたわ。どうしてそんなことを、よりにもよってあなたが？　大きらい。」ジュリエットは叫《さけ》んでから、ロメオをひきよせ、その胸《むね》に顔をおしつけました。「いいえ、そんなことないわ。いまのはきかなかったことにして。いえるわけがないわ。あなたをきらいだなんて。愛《あい》しています。あなたはわたしの夫《おっと》。わたしの命《いのち》。追放《ついほう》なんてあんまりです。いっしょにつれていって。別《わか》れるなんてむり――いまになってそんな。別《わか》れたら、わたしもティボルトのように死《し》んでしまいます。」

「そんなことにはならないよ。はなれたりしない。約束《やくそく》する。かならずなにか手立《てだ》てをみつけよう。ジュリエット、すぐになんとかする。すこしだけまってくれ。仕事をさがして、住むところをみつけて。そしたらむかえをやるから、いっしょに暮《く》らそう。少なくとも今夜《こんや》はいっしょにいられる。」

こうしてロメオはジュリエットの寝室《しんしつ》で一夜《いちや》をすごしました。でも夜が明《あ》けかかると、旅立《たびだ》つことになりました。

彼《かれ》がバルコニーの手すりをのりこえるやいなや、寝室《しんしつ》の扉《とびら》がひらいて、ジュリエットの両親がパリス伯爵《はくしゃく》をつれて入ってきました。「娘《むすめ》や。したくは万事《ばんじ》、ととのった。結婚式《けっこんしき》は明日《あした》。パリスさまはこの街《まち》で結婚して、おまえを伯爵夫人《はくしゃくふじん》にしてくださるおつもりなのだよ。」

「そのとおりです。」伯爵はいって、ジュリエットの手にキスしました。

「結婚《けっこん》？　いえ、それはむり。ほんとうに……むりです。」

「ジュリエット！　たわごとを申《もう》すな。」父がぴしりといいました。

「はずかしがっているのですよ。」母がとりなします。「娘《むすめ》というものはだれでも、結婚式《けっこんしき》が近づくと不安《ふあん》になるものですわ。伯爵《はくしゃく》さま、それにこの娘は、いとこのティボルトの死《し》にとり乱《みだ》しておりますの。ほんとうに。」

「いいえ、そうじゃないわ。」ジュリエットは動転《どうてん》し、たまらずに大声をあげました。両親の愛《あい》する甥《おい》を殺《ころ》し、追放《ついほう》になったばかりのモンタギューの男と、すでに結婚《けっこん》してしまったなどと、どうしていえるでしょう。「だめです。ほんとうにだめなの。ぜったいに――。」

「だまりおれ。」キャピュレットの当主《とうしゅ》は、頭《あたま》ごなしにいいました。「そのようなことを申《もう》すとは、家名《かめい》に泥《どろ》をぬるつもりか。心根《こころね》を入れかえねば、たたきだすぞ。勘当《かんどう》だ。奥《おく》よ、いこう。この恩知《おんし》らずめも頭が冷《ひ》えれば、おのれの身勝手《みがって》に気づくであろう。」

　十四歳《さい》なのに、両親から縁《えん》を切られるとは。あわれなジュリエットはぞっとしました。すぐに、結婚式《けっこんしき》をあげてくれたローレンス神父《しんぷ》のところへ駆《か》けつけて、なんとかしてくれるようたのみました。

ローレンス神父《しんぷ》は聖職者《せいしょくしゃ》であるだけでなく、薬《くすり》にもくわしいひとでした。どんな薬でも作ることができました。「そなたを救《すく》ってしんぜよう。しかし、勇気《ゆうき》がいりますぞ。」

「わたしなら、なんでもします。ロメオとまた会えるのでしたら。」

「よろしい。この薬《くすり》を飲《の》みなされ。これを飲むと、深《ふか》い眠《ねむ》りにおちて、はためには死んだようにみえる。今夜《こんや》これを飲めば、明日《あした》、ご家族《かぞく》は、そなたが眠っているあいだに死んだと思うであろう。そして、なきがらは先祖代々《せんぞだいだい》の御霊屋《みたまや》に運《はこ》ばれ……。」

「お墓《はか》に埋《う》められるのですか。」

「……わしはロメオへ使いをやって、そこにくるように伝《つた》えようと思う。ロメオはそこからそなたをつれて逃《に》げて、新しい生活をはじめればよい。」神父《しんぷ》は腰《こし》をおろし、ペンと紙をひきよせました。「すぐにロメオに手紙を書いて、事情《じじょう》を説明《せつめい》しよう。まさかほんとうに死んだと思ったら、おおごとじゃからな。ははは。」

ジュリエットは別人《べつじん》のようになって、家に帰りました。両親のもとへいき、お心《こころ》をさわがせてすみませんでした、といいました。パリス伯爵《はくしゃく》のお望《のぞ》みのときに式《しき》をあげましょう、と。

ふたりは大喜《おおよろこ》びでした。マーキューシオとティボルトの死という悲劇《ひげき》のあとですから、結婚式《けっこんしき》というおめでたい話題《わだい》は、街《まち》じゅうが望《のぞ》んでいるものでした。「では明日《あす》だ。明日、おまえの幸《しあわ》せが、みなの顔に笑《え》みをともすのだ。」

「ありがたいことですわ。」ジュリエットは、おとなしくおじぎをしました。

その夜、どんな大人《おとな》の女にもおとらぬ勇気《ゆうき》をもって、ジュリエットは薬《くすり》を飲《の》みほし、夢《ゆめ》のない眠《ねむ》りにおちてゆきました。母親とばあやが起《お》こしにきて——「お起き、娘《むすめ》や。結婚式《けっこんしき》ですよ。」と声をかけましたが、みると、娘《むすめ》は息もせず、心臓《しんぞう》も止まって、真《ま》っ青《さお》な顔で目をつぶっていました。

キャピュレットの館《やかた》じゅうを悲報《ひほう》が駆《か》けめぐりました。結婚式《けっこんしき》のかわりにお葬式《そうしき》です。笑《わら》いのかわりに涙《なみだ》とは。ジュリエットの体は、先祖《せんぞ》の眠《ねむ》る、苔《こけ》むした丸天井《まるてんじょう》の部屋に横《よこ》たえられました。骸骨《がいこつ》のならぶあいだに、愛《あい》らしい少女がひとり眠《ねむ》っていました。知らせはあっというまに四方《しほう》へひろがりました。キャピュレット家《け》のひとり娘《むすめ》、美しいジュリエットが亡《な》くなった、亡くなった、と。

神父《しんぷ》さまがロメオに書きおくった、秘密《ひみつ》を知らせる手紙はどうなったのでしょうか。

ジュリエットの死の知らせは、はるか遠方《えんぽう》にいるロメオの耳にもとどきました。でも、それが計略《けいりゃく》であったことのほうは、なぜか伝《つた》わりませんでした。それも運命《うんめい》だったのでしょうか。悲劇《ひげき》はさだめられていたのでしょうか。人生はひとに幸《しあわ》せをもたらすこともありますが、ロメオとジュリエットに関《かん》しては、そうではありませんでした。

ロメオはジュリエットの葬《ほうむ》られた墓地《ぼち》にいきました。ジュリエットをつれて新しい生活に入るという希望《きぼう》に胸《むね》を高鳴《たかな》らせるどころではありません。だれにもなぐさめられない深《ふか》い嘆《なげ》きにかられ、髪《かみ》をかきむしり、服をひきさきました。

パリス伯爵《はくしゃく》が墓《はか》のそばで祈《いの》っているのをみつけたロメオは、悲しみに逆上《ぎゃくじょう》して、彼《かれ》を殺《ころ》してしまいました。ジュリエットが亡《な》くなったのに、ほかの人間が生きているのはゆるせなかったのです。それで、ロメオ自身もここへくる旅のとちゅうで、毒薬《どくやく》を買いもとめてきました。最後《さいご》にひと目、ジュリエットの姿《すがた》をみてから、ロメオはためらいなく、いっきに毒《どく》をあおりました。

神父《しんぷ》の調合《ちょうごう》した薬《くすり》の効《き》き目《め》がきれて、ジュリエットが目をさますと、かたわらには期待《きたい》どおりロメオの姿《すがた》がありました。

「ロメオ？　起《お》きて。わたしの薬がきれるのをまっているうちに、眠《ねむ》ってしまったの

ね。起きてちょうだい……。」でもロメオの体にふれたとき、自分がふるいおこした勇気《ゆうき》もまったくむなしかったことがわかりました。「冷《つめ》たい……あなたの肌《はだ》は氷《こおり》みたい。」

ロメオを抱《だ》きおこそうとしてもできませんでしたので、その胸《むね》に頭をふせ、両腕《りょううで》を自分の体にまわさせて、冷《つめ》たい両手を自分の手でつつんでこすりました。

「ロメオ、では、わたしたちはもうヴェローナを出ることはないのね。どこかに小さな家をみつけて、いっときでも幸《しあわ》せになれることもないのね。」答えはありません。

「でも、わたしたちは、はなれないわ。ええ。これからは永遠《えいえん》にいっしょにいましょう――ヴェローナよりいいところでいつまでも。」ロメオのもっていた薬瓶《くすりびん》には一滴《いってき》も残《のこ》っていませんでしたので、ジュリエットは彼《かれ》の短剣《たんけん》をひきぬきました。彼の目をさまさせないように、そっと。「天国《てんごく》でお会いするまえに。愛《あい》するひと。わたしの夫《おっと》。一度だけキスを。」

ジュリエットが短剣《たんけん》を胸《むね》に突《つ》き刺《さ》すのには、なんの勇気《ゆうき》も必要《ひつよう》ではありませんでした。

「さあ、これで、わたしたちはいっしょよ。」

ローレンス神父《しんぷ》は手紙が行方不明《ゆくえふめい》になったことを知り、自分を責《せ》めました。しかし、少なくとも神父が望《のぞ》んだように、ロメオとジュリエットの愛《あい》は、両家《りょうけ》のいさかいを終《お》わらせました。

キャピュレットとモンタギューの両家が、真相《しんそう》を――子どもたちが愚《おろ》かな憎《にく》しみの壁《かべ》をのりこえようとして死んだことを――知ったとき、いがみあう気持ちはあとかたもなくなりました。両家が分かちあった苦《くる》しみは、このさきの憎《にく》しみあいよりもずっと大きかったのです。どちらも最愛《さいあい》の子どもをうしないました。〈まことの愛《あい》〉のまえに立ちふさがろうとした両家の対立《たいりつ》は、さながら城《しろ》が洪水《こうずい》にのみこまれるように、〈まことの愛〉の力におしながされてしまったのでした。

THE FIREBIRD

火の鳥

THE FIREBIRD

〔登場人物〕

イワン王子：カスチェイの森に迷《まよ》いこんできた青年《せいねん》。

火の鳥：炎《ほのお》の色をした美しい鳥。強い力をもつ。

カスチェイ：おそろしい魔王《まおう》。

ナディーシダ姫《ひめ》：カスチェイに囚《とら》われている美しい乙女《おとめ》。

〔場面〕

魔王《まおう》カスチェイが支配《しはい》する森の空《あ》き地《ち》に、イワン王子がやってくる。

むかしむかしのこと、古い城壁《じょうへき》のかたわらに、高い木々《きぎ》にかこまれながら、太陽《たいよう》のさしこむ空《あ》き地《ち》がありました。荒《あ》れるにまかせられている廃園《はいえん》のようにもみえます。あちこちに石像《せきぞう》があり、蔦《つた》におおわれたり、のびすぎた草のなかにたおれていたりします。

でも、近づいてよくみれば、血《ち》も凍《こお》る思いをするでしょう。石の像とみえたものは、不幸《ふこう》な旅人たちが石になった姿《すがた》です。若者《わかもの》、老人《ろうじん》、行商人《ぎょうしょうにん》、そして貴族《きぞく》のおえらがた。たまたま運《うん》わるく〈無慈悲城《むじひじょう》〉のそばを通りかかり、魔王《まおう》カスチェイにみつかってしまったのでした。このいまわしい城《しろ》は魔王のすみかで、その魔力《まりょく》は、城壁《じょうへき》から黒く残《ざん》酷《こく》な影《かげ》のようにひろがっていました。太陽《たいよう》が空のどこにあろうと、城の影《かげ》は四方八方《しほうはっぽう》にのびていました。

でも、美しい娘《むすめ》の石像《せきぞう》はありません。カスチェイは、娘たちをつかまえると、〈無《む》慈悲城《じひじょう》〉のなかに住まわせて、ながめて楽しみます。猫《ねこ》が、池のなかの金魚《きんぎょ》をながめるように。

ある夏の日、またひとりの若者《わかもの》が、なにも知らずに、カスチェイの森の美しい空《あ》き地《ち》にさまよいこんできました。このイワン王子は、おつきの狩人《かりゅうど》たちからはぐれたので、鳥の声に耳をかたむけながら、木々《きぎ》のあいだをさまよい歩いていました。

突然《とつぜん》、ドラゴンがかっと火を吐《は》いたかのような、オレンジ色の閃光《せんこう》が顔のまえをよこぎりました。その光は、頭上《ずじょう》高くにのぼったと思うと、のびすぎた草のあいだをすうっと飛《と》びすぎます。炎《ほのお》の色をした、めすの鳥が、燃《も》えている羽毛《うもう》の残像《ざんぞう》をひいて舞《ま》いあがり、あたたかな太陽《たいよう》をあびながら、枝《えだ》のあいだをつぎつぎとかいくぐります。イワンは鳥を驚《おどろ》かせまいと、木のうしろにかくれました。

火の鳥が〈無慈悲城《むじひじょう》〉の朝の森のなかを飛《と》んでゆくいまは、いまわしい場所にもよい魔力《まりょく》がやどる唯一《ゆいいつ》の瞬間《しゅんかん》でした。イワン王子はぽかんと口をあけて、火の鳥がこのうえもなく優雅《ゆうが》に、またすばやく、朝日のすじのなかをくるくると飛《と》びすぎ、風がその羽毛《うもう》のマントをいっぱいにふくらませるのをみつめていました。つかのま、鳥は草の上に翼《つばさ》を休めました。

「つかまえた。」イワン王子は叫《さけ》んでかくれ場所《ばしょ》から飛《と》びだし、両腕《りょううで》で鳥を抱《だ》きすくめました。「これはすばらしい獲物《えもの》だ。狩《か》り仲間《なかま》にみせてやろう。」鳥はもがきました

が、王子は強い腕をゆるめませんでした。
「やめて。はなして。お願《ねが》いです。」鳥は身《み》をひねって逃《のが》れようとしましたが、王子ははなしません。「ほんのすこしでもあわれみの心がおありなら、わたしを籠《かご》に入れないで。ひろびろとした空を飛《と》べないと、わたしは死んでしまいます。」
鳥の涙《なみだ》をみて、王子はたいそう驚《おどろ》きました。乱《みだ》れた羽根《はね》を片手《かたて》でなでつけてやり、もう片手で鳥をそっと下におろしました。「もう、だいじょうぶだ。さわぐことはない。おまえを苦《くる》しめてまで、つかまえておこうとは思わないよ。すまなかった。人間はときどきこんなことをしてしまう。ほんとうに美しいものをみると、つかまえて、自分のものにしたくなってしまうのだ。こわがらせてわるかった。」
火の鳥は全身《ぜんしん》をふるわせて、手のとどかないところまでいっきに逃《に》げましたが、そこで足を止めて王子をみつめました。「あなたはやさしいよいお方《かた》。わたしを逃《に》がしてくださったので、きっとよいことがおありでしょう。たかが鳥とお思いでしょうが、わたしはとても力があるのです。ほら、これを。」鳥は真紅《しんく》の羽根《はね》を一本、胸《むね》からひきぬいて、王子にさしだしました。「ほんとうにこまったときには、この羽根でわたしを呼《よ》んでください。すぐにまいりますから。」そして、みごとな翼《つばさ》をひとふりすると、火の鳥は、炎《ほのお》のなかに生まれて幾度《いくど》も生《う》まれ変《か》わるフェニックスのように、空に舞《ま》いあがっていきました。

鳥が姿《すがた》を消《け》すやいなや、さわさわと話し声がきこえてきました。娘《むすめ》たちの声です。それから、さまざまな色をした風のように、娘たちが空《あ》き地《ち》になだれこんできました。王子はあわてて またかくれ、森がこんどはどんなふしぎをみせてくれるのか、見とどけようとしました。

けれども、そばを走りすぎていった娘《むすめ》たちは、火の鳥とはまるでちがっていました。楽しそうにふざけあったり、踊《おど》ったりしていますが、自由《じゆう》ではありません。娘たちは城《しろ》のほうをふりかえるたび、顔をくもらせます。石像《せきぞう》に近づくたびに、ぞっとしたように身をすくませます。

いちばん背《せ》が高い娘《むすめ》は、さきほどの火の鳥におとらないほど美しくみえました。王子は目がはなせなくなりました。もっとよくみようと、かくれ場所《ばしょ》から出ると、上着《うわぎ》にしまったさっきの羽根《はね》から火が燃《も》えうつったかのように、心臓《しんぞう》がかっと熱《あつ》くなりました。

娘《むすめ》たちはイワン王子をみて、ぎょっとしました。「逃《に》げないで。なにもしないから。」王子はいい、ひとりを手まねきして、たずねました。「あそこにいる――青い服のひとを紹介《しょうかい》してくれないか。」

「ナディーシダ姫《ひめ》のことですか。」

ふたりはおたがいに名《な》のりあうまでもありませんでした。姫のほうも、さきほどからイワンと同じように、彼《かれ》のことをみつめていたのです。この森の空《あ》き地《ち》には魔力《まりょく》がこもっていて、それはかならずしも悪《わる》いものばかりではないのです。ふたりはすぐに――稲妻《いなずま》にうたれたように――恋《こい》に落《お》ちました。けれど、こんども王子は、この美しい存在《そんざい》をつれてかえることはできませんでした。

「わたくしたちはみな、魔王《まおう》カスチェイのとりこです。毎日、よい空気が吸《す》えるように城《しろ》からだしてもらえます。でも、鎖《くさり》でつながれているように、あの城からははなれられないのです。この森はカスチェイの牢獄《ろうごく》のなかで、いちばん気持ちのよい場所だというにすぎません……それに、イワン王子、あなたもここに入りこんでしまわれました。魔王《まおう》にみつかるまえに、早くお逃《に》げなさい。魔王は相手《あいて》が娘《むすめ》なら、ペットのように飼《か》っておきますが、男はみな石に変《か》えてしまいます。ここの石像《せきぞう》をごらんになっ

たでしょう？　さあ、お帰りなさい。わたくしのこと、みなのことは忘《わす》れて。カスチェイにみつかるまえに、お逃《に》げなさい。あなたが石にでもされたら……。」

〈無慈悲城《むじひじょう》〉のなかから、とむらいの鐘《かね》のような不吉《ふきつ》な音がひびきはじめました。娘《むすめ》たちはすぐ、悲《かな》しげな足どりで、ふりかえりふりかえりしながら、城《しろ》にもどってゆきました。その場にとどまっていることはできません。娘たちの入ったあとで、鉄《てつ》の門がガシャンとしまりました。

「だめだ、いかないでくれ。」イワン王子は必死《ひっし》に門をつかんでゆさぶりました。すると、門はふたたびひらいたのです。

しかしこんど出てきたのは、きれいな娘《むすめ》たちではなく、妖魔《ようま》、ゴブリン、トロール、グレムリン、そして毛むくじゃらで、肉《にく》ひだと豚《ぶた》の鼻面《はなづら》をもった獣《けもの》たちでした。牙《きば》のあるものもいますが、ほとんどはかぎ爪《づめ》の前足をそなえていて、イワンの服と皮膚《ひふ》をひっかきにかかりました。彼《かれ》らが黒い潮《しお》のようにひたひたととりかこんできて、王子は逃《に》げ道《みち》をたたれてしまいました。

そこへカスチェイがあらわれました――とほうもない大男で、かがんで大枝《おおえだ》の下をくぐりながら、ヤドリギをべりべりとへし折《お》りました。長い髪《かみ》とひげをイバラで編《あ》んでたばね、病人《びょうにん》のように青黒《あおぐろ》い顔をしています。「や、またおだれかしのびこんだな。侵入者《しんにゅうしゃ》か。さて、呼《よ》ばれもせぬにきたやつは、どうしてくれるのだったかな。」「石に変《か》える！　石にする！」手下《てした》のぶきみなけだものたちが声をあわせます。「こやつを石に変えてくだされ。われらは石像《せきぞう》で歯《は》をとがらせ、爪《つめ》を研《と》ぎたい。」「では、そうしてやろう。石に……。」カスチェイが叫《さけ》びました。

イワンにはわかりませんでした。きゅうに自分の足がうごかなくなり、腕《うで》から力がぬけたのは、魔法《まほう》のせいでしょうか、恐怖《きょうふ》のせいでしょうか。氷《こおり》のように冷《つめ》たいものが体をはいのぼります。でも心臓《しんぞう》の上の熱《あつ》い湯《ゆ》だまりだけは別《べつ》でした。イワンは力をふりしぼって火の鳥の羽根《はね》をとりだし、カスチェイに突《つ》きつけました。

「こんなに早く。」頭上《ずじょう》から声がふってきました。「わたしの助けがお入《い》り用《よう》とは。」

火の鳥がそばにまいおりてきて、翼《つばさ》を、真紅《しんく》の長いマントのようにうしろで折《お》りたたみました。

「ほう！　これはうるわしい。おまえは灰色《はいいろ》の石に変《か》えたりせん。」カスチェイは声をあげて笑《わら》いました。「籠《かご》に入れて窓辺《まどべ》につるし、わしのためにうたってもらおう。」

イワン王子は、火の鳥をこんな危険《きけん》にまきこんだことを後悔《こうかい》しました。これほどお

そろしい敵《てき》をむこうにまわして、鳥になにができるでしょう。

「それがお望《のぞ》みですか。なら、わたしがうたえば、踊《おど》ってくださいますか。」鳥は凧《たこ》のように、パシンと翼《つばさ》をひらきました。

そのとたん、カスチェイの手下《てした》の魔物《まもの》たちはふらふらと歩きだし、足をひきずり、肩《かた》をまわし、腕《うで》をふって、気味《きみ》のわるい踊《おど》りを踊りだしました。

「踊りなさい、カスチェイ。」

火の鳥が命《めい》じると、巨大《きょだい》な魔王《まおう》すらもさからえませんでした。大きな足で地面をふみならし、飛《と》びあがり、でたらめにはねまわり、巨大な頭をぎくしゃくさせて、両手をぶらぶらふりました。まるで大喜《おおよろこ》びしているようにとんだりはねたりしながらも、顔はしかめっつらのまま、こんなふうに自分を踊《おど》らせる火の鳥の魔力《まりょく》をののしっていました。火の鳥は踊《おど》りの列《れつ》の先に立って、木立《こだち》のあいだをぬってゆきます。

ゴブリンや鬼《おに》やグレムリンや妖魔《ようま》たちはうなり声をあげ、うめいています。筋肉《きんにく》が悲鳴《ひめい》をあげているのに、手足が止まりません。おたがいの体を飛《と》び越《こ》したり、馬跳《うまと》びをしたりしながら、「ご主人《しゅじん》さま、なんとか止めてください。」と叫《さけ》びましたが、そのうちに足の毛がすっかりすりきれてしまいました。カスチェイのはいているぴかぴか

の上靴《うわぐつ》もいたんでぺらぺらになり、かかともとれて、別々《べつべつ》の方角《ほうがく》へ飛《と》んでゆきました。魔物《まもの》たちがへとへとになったところで、火の鳥は動きを止めてやりました。みんなその場にたおれ、肩《かた》で息をし、鼻をぐすぐすいわせたあげく、深《ふか》い眠《ねむ》りにおちこんで、いびきをかきだしました。カスチェイだけは別《べつ》でした。うつぶせにたおれても、まぶたをひらいてあたりをうかがっています。火の鳥自身《じしん》は、つゆほども疲《つか》れたようすをみせませんでした。

イワン王子は狩《か》り用《よう》のナイフをぬくと、「おまえを殺《ころ》して、このいまわしい魔法《まほう》にけりをつけてやる。」と叫《さけ》びながら、魔王《まおう》に駆《か》けよりました。おぞましい魔物《まもの》は歯《は》をむきだして、意地悪《いじわる》く笑《わら》いました。

「小僧《こぞう》め、わしは殺《ころ》せんぞ。わしの魂《たましい》は安全なところにしまってある――この体の外にとりだして――おまえのような愚《おろ》か者《もの》にとられぬようにかくしてあるわい。」

イワンは助けをもとめるように、火の鳥のほうをみましたが、これ以上《いじょう》、魔法の力をかしてくれるようすはありませんでした。「イワンよ、あなたがその魂《たましい》をさがすのです。みつけて殺《ころ》しなさい。そうすれば魔法《まほう》はすべてやぶれます。」火の鳥は翼《つばさ》をひろげ、飛《と》びたとうとしました。「ひとつ思いだしたことがあります。まえにこの森のなかを飛《と》んでいたとき、朽《く》ちた木のうろのなかに、まるくて白いものをみかけましたっけ……では、おさらば。」

イワンは別《わか》れのしるしに手をあげ、飛《と》んでゆく火の鳥に、何度も、ありがとう、と枝《えだ》ごしに声をかけながら、さがしにかかりました。木から木へと走りまわります。すべての幹《みき》は、みずみずしい緑色をしていました。ただ一本だけが、稲妻《いなずま》にうたれたか、根《ね》から毒《どく》が入ったかのように、黒く立《た》ち枯《か》れています。そのうろのなかに、大きな卵《たまご》がひとつありました。殻《から》をなくしたカタツムリのように白く、ひとの心臓《しんぞう》ほどの重さがあります。

「それにふれるな。さわるな。わしのだ。」カスチェイが骨《ほね》のような指で宙《ちゅう》をかきながら、イワンのほうにはいよってきます。

けれどもイワンは卵《たまご》を頭上にかかげ、地面にたたきつけて割《わ》りました。硫黄《いおう》くさいにおいのする黄身《きみ》がこぼれだし、それにふれた草は焼《や》け焦《こ》げました。断末魔《だんまつま》の悲鳴《ひめい》をあげて、カスチェイはごろごろ転《ころ》がり……いなくなりました。その体も、よこしまな思いも、かけた魔法《まほう》も、紫《むらさき》の煙《けむり》となって、シュッと消《き》えてしまったのです。イワンがあたりを見まわすと、妖魔《ようま》もゴブリンも、すべていなくなっていました。

油切《あぶらぎ》れの蝶番《ちょうつがい》がぎしぎしときしむ音をたてて、〈無慈悲城《むじひじょう》〉の門がひらきました。東西南北にひろがっていた影《かげ》はとけうせ、とらわれていた愛《あい》らしい娘《むすめ》たちが飛《と》びだしてきました。

夢《ゆめ》のなかを歩いているようなふわふわした足どりで近づいてくるのは、花嫁衣装《はなよめいしょう》をまとったナディーシダ姫《ひめ》です。でも手にもっているのは花ではなく、まばゆい一枚《まい》の羽根《はね》でした。姫も火の鳥に出会っていたのです。

娘《むすめ》たちはイワンに婚礼衣装《こんれいいしょう》をもってきて、花冠《はなかんむり》を花嫁《はなよめ》、花婿《はなむこ》にささげました。「このお城《しろ》にお暮《く》らしくださいませ。いまでは、どの窓《まど》からも陽《ひ》の光がさしこんでおります。この一帯《いったい》は、治《おさ》めるもののいない王国です。どうか、王となられ、ナディーシダ姫《ひめ》をお妃《きさき》におむかえください。そうすればここはもはや〈無慈悲城《むじひじょう》〉ではなく、〈イワン城《じょう》〉となるでしょう。」

こうしてイワンとナディーシダ姫《ひめ》は、森の王国のあるじとなりました。ふたりは城《しろ》の名を〈火《ひ》の鳥城《とりじょう》〉にあらためました。それからというもの、しばしば、夕暮《ゆうぐ》れどきに、西空が赤くなりますと、城《しろ》に立ちならぶ塔《とう》のあいだを真紅《しんく》のすじが飛《と》びめぐり、窓《まど》という窓をきらめかせてから、川へと舞《ま》いおりてゆくのでした。

PETROUCHKA

ペトルーシュカ

PETROUCHKA

［登場人物］

ペトルーシュカ：小さな道化師《どうけし》の人形《にんぎょう》。

リューバ：かわいらしい踊《おど》り娘《こ》の人形。

ムーア人：りっぱな顔と体格《たいかく》をもつ荒《あら》くれ者《もの》の人形。

人形遣《にんぎょうつか》い：三体の人形をあやつる老人《ろうじん》。

［場面］

場所はロシアのサンクトペテルブルク、人形劇場《にんぎょうげきじょう》の幕《まく》が上がる。

さあ、こちらは〈人生劇場《じんせいげきじょう》〉。いらっしゃい、いらっしゃい。どうぞお入りを。席《せき》におつきを。じきに幕《まく》があがりますと、そこは粉雪《こなゆき》のまうロシアのおめでたくにぎやかな広場《ひろば》。古い物語で、ときはサンクトペテルブルクの春のお祭りの日、悲しい話ではありますが、なんのなんの、やっているのはみな役者衆《やくしゃしゅう》、人形劇《にんぎょうげき》の人形のようなもの。ご心配《しんぱい》にはおよびませんよ。

大むかしの懺悔火曜日《ざんげかようび》（謝肉祭《しゃにくさい》の最終日《さいしゅうび》・懺悔をする日）のこと、春の日ざしのふりそそぐサンクトペテルブルクの広場《ひろば》は、わずかばかりの硬貨《こうか》をにぎりしめて、楽しもうとやってきた人びとでごったがえしていました。屋台《やたい》では、おいしそうな菓子《かし》パンや、粉《こな》ジュース、あつあつのお茶が売られています。輪投《わな》げや射的《しゃてき》のゲームもあれば、占《うらな》い師《し》や小間物《こまもの》の店も出ています。

人びとが一か所にあつまりはじめました。もうじき人形劇《にんぎょうげき》がはじまります。人形遣《にんぎょうつか》いの老人《ろうじん》が、つららのような鼻を、ゆれている幕《まく》の間《あいだ》から突《つ》きだして、よっておいで、みておゆき、と客を呼《よ》びこんでいます。

金色《きんいろ》の房《ふさ》のついた幕《まく》がひらいてゆくと、人形《にんぎょう》が三体ぶらさがっています。うなだれた頭の上には、だらんと垂《た》れた糸がついています。けれども太鼓《たいこ》がこきざみにひびき、ラッパが鳴りだすと、人形たちは生《い》き生《い》きと踊《おど》りだしました。水夫《すいふ》が思いえがく港町《みなとまち》の恋人《こいびと》のように、手《て》まわしオルガン弾《ひ》きがなつかしむ故郷《こきょう》の娘《むすめ》のように、ほんものそっくりの動きです。

黒い顔のムーア人の大男は、三日月形《みかづきがた》のするどい銀《ぎん》の刀《かたな》をもち、頭にはターバンをまいています。ずるそうな目をぎょろりとうごかして、となりの人形《にんぎょう》をみます。リューバはたいそうかわいらしい人形で、黄色の髪《かみ》は長く、目はヤグルマギクの色、のぼせたように赤いほおをしていました。鈴《すず》をちりばめた帯《おび》を腰《こし》にまき、足もとはバレエシューズ、皇帝《こうてい》の姫《ひめ》のようにすてきな服を着ています。

そして三番目の人形《にんぎょう》は、小さなペーターという意味《いみ》のペトルーシュカです。だぶだぶのズボンに、大きなひだ襟《えり》、やせて貧相《ひんそう》な道化師《どうけし》でした。顔は死人《しにん》のように真《ま》っ白《しろ》で、悲しげな口はへの字にさがり、お客さんはそれをみて笑《わら》いました。へんな話ですね。毎年、毎年、お客さんは、ペトルーシュカが悲《かな》しげに踊《おど》るのをみにきて、涙《なみだ》が出

るほど笑《わら》います。もしかしたら、自分たちよりみじめなものをみると、うれしくなれるからかもしれません。

ペトルーシュカがどれほど特別《とくべつ》な人形《にんぎょう》か、だれも知りませんでした。彼《かれ》はなさけなく口をゆがめ、だぶだぶの服を着た、ただの道化師《どうけし》ではありませんでした。世界《せかい》じゅうの人形のなかで、ペトルーシュカほど危険《きけん》な秘密《ひみつ》をいだいているものはいませんでした。だれかが、布《ぬの》でできた胸《むね》の内側《うちがわ》の、木屑《きくず》の詰《つ》めもののなかをのぞくことができたら、そうです……そこには、魂《たましい》がきらめいていたのです。

たまたま、神《かみ》さまが、ペトルーシュカの布《ぬの》の胸《むね》のなかに、ひとの魂《たましい》をぬいこんでしまったので、この人形《にんぎょう》は、人間と同じように、愛《あい》とはなにかを知っていました。そして踊《おど》り娘《こ》のリューバを愛《あい》していたのです。

でも、リューバはムーア人を愛しています。

リューバには魂《たましい》はありません。ひとの心の奥底《おくそこ》をみることはできません。みえるのは、ムーア人のりっぱな体格《たいかく》、力強い腕《うで》、飛《と》びはねる足、自分をみる熱《ねつ》っぽくてエキゾチックな目だけでした。音楽が鳴ると、三体の人形《にんぎょう》はぎくしゃくと、お客のために踊《おど》りはじめました。

リューバは笑《わら》っています。ムーア人が、大きなぴかぴかの刀《かたな》でペトルーシュカを追い払《はら》おうとしているのは、自分の気持ちをひきたいからです。もちろん、ペトルーシュカがため息《いき》をつき、せつない目をして、花をもってきてくれるのも好《す》きでした。でも、ペトルーシュカはしょせんペトルーシュカ、いつもどじばかり踏《ふ》んでいます。道化師《どうけし》の思いを、本気《ほんき》に受けとるひとはいないでしょう。

今日《きょう》の懺悔火曜日《ざんげかようび》に、ペトルーシュカはわかってもらおうと思っていました。自分の愛《あい》は気まぐれではなく——もっと強く——もっとほんとうで、人間らしいものであることを。でもリューバは目もくれません。ムーア人とふざけあっています。

「ペトルーシュカはなにをしてるんだ。正気《しょうき》かね。ムーア人に打《う》ってかかっとる。ありゃ、焼《や》きもちをやいているんだな。ははは。」

「やめろ！」人形遣《にんぎょうつか》いのしわがれた声に、お客たちはぎくっとしました。老人《ろうじん》が骨《ほね》っぽいこぶしをふりまわすと、舞台上《ぶたいじょう》のさわぎは静《しず》まり、三体の人形はまた踊《おど》りはじめました。ぎく、しゃく、ぎく、しゃく。ひざを曲《ま》げ、ひじを突《つ》きだして。音楽にあわせて、1、2、3、と。

人だかりが散《ち》ったあと、人形遣《にんぎょうつか》いは小さな道化師《どうけし》を、舞台《ぶたい》のうしろのせまい部屋に

投《な》げこみ、扉《とびら》をしめて鍵《かぎ》をかけました。ペトルーシュカは扉《とびら》をたたき、蝶番《ちょうつがい》をがちゃがちゃいわせましたが、むだでした。とじこめられ、怒《いか》りとやるせない思いとともに、とりのこされました。彼《かれ》のもつ人間の魂《たましい》は、苦《くる》しみに燃《も》えあがりました。人形遣《にんぎょうつか》いをうらみ、ムーア人に対《たい》しては、嫉妬《しっと》が生みだす苦《にが》くて熱《あつ》い憎《にく》しみの気持ちを抱《だ》いていました。そして、せつない情熱《じょうねつ》のありたけをこめて、リューバを愛《あい》していました。なのに、とじこめられてしまうとは。ぼろくずのようにあつかわれ、涼《すず》しい夜の空気からも遠ざけられるとは。息がつまりそうな気がします。

「ペトルーシュカ、だいじょうぶ?」

「リューバ!」

「いったいどうしちゃったのよ。」かわいい踊《おど》り娘《こ》はつま先立《さきだ》ちになって、窓《まど》から声をかけました。

「リューバ、もうがまんできない。ほんの一瞬《いっしゅん》でも。あのけだものがきみを流《なが》し目《め》でみて、ちょっかいをかけて、キスしようとするなんて。そんなことさせちゃだめだ。いけないよ。ぼくがいる。ずっとまえからきみを愛《あい》していたんだ。この気持ちで、体がばらばらになりそうだ。」

リューバは大きくうつろな青い目で彼《かれ》をみつめました。「あたしに、だれと踊《おど》れ、だれと踊《おど》るな、とさしずするなんて、あんたはいったいなにさまなの。だぶだぶズボンのふぬけた道化師《どうけし》じゃないの。まったくもって！」こういうと、半分はこわくなり、半分は腹《はら》がたって、窓辺《まどべ》から逃《に》げていってしまいました。

「まって。お願《ねが》いだよ。もどってきて。」ペトルーシュカは扉《とびら》と格闘《かくとう》し、窓《まど》を打《う》ちたたいていましたが、とうとう気持ちがたかぶってきて、舞台裏手《ぶたいうらて》のこのベニヤ板《いた》の部屋の窓《まど》に体当《たいあ》たりし、ぶちやぶって外へ転《ころ》がりでました。リューバがどっちへいったかは、わかっています。

ムーア人はりっぱな顔と体格《たいかく》をしていましたが、あまり賢《かしこ》くはありませんでした。舞台《ぶたい》のあいまに、ふかふかのアラビアのクッションやじゅうたんを敷《し》きつめた控《ひか》え室《しつ》に寝《ね》ころがっているときには、その大きな頭はなにも考えていません。踊《おど》り娘《こ》がおめかしをして部屋に入ってくると、すぐに抱《だ》きついてキスしようと思いました。

踊《おど》り娘《こ》は小さなブリキの笛《ふえ》を吹《ふ》いて、大胆《だいたん》に相手《あいて》とふざけあいながらも、ペトルーシュカのことを考えつづけていました。へんなひと、あんなに大きな目でみつめてきて。

「いっしょに踊《おど》っておくれ。かわいいおまえ。」ムーア人が大声をだすと、リューバは彼《かれ》に抱《だ》かれて、くるくると部屋じゅうを踊りまわりました。

けれども踊りにはじきに飽《あ》きました。うなじや両腕《りょううで》にすきまなくキスされるのも、もうたくさんです。「やめてちょうだい。はなして。」といい、相手《あいて》がはなしてくれないと、だんだんこわくなって、身《み》をふりほどこうとしました。

そのときです。ペトルーシュカが部屋に駆《か》けこんできたのは。ムーア人の両足をけりつけ、幅《はば》の広い背中《せなか》を打《う》ちたたきました。愛《あい》するひとをつかんでいる、黒くて力強い指をひらかせようとしました。でもムーア人はからからと笑《わら》って、布《ぬの》のかたまりかなにかのように、ペトルーシュカを投《な》げとばしました。クマのようにほえると、刀《かたな》をぬいて、シュッシュッと宙《ちゅう》を切りました。

「あっ、ペトルーシュカ、気をつけて。殺《ころ》されるわ。」リューバが叫《さけ》びました。おそろしい刃《やいば》が、ペトルーシュカの白い顔のすぐそばをかすめます。相手《あいて》がわるすぎます——ペトルーシュカは武器《ぶき》をもっていません。切りたてられて、うしろへうしろへさがりつづけ、とうとう逃《に》げだしました。

突然《とつぜん》、人だかりを左右にかきわけながら、ものすごい勢《いきお》いでペトルーシュカが、広《ひろ》場《ば》を走ってきました。髪《かみ》はさかだち、はあはあとあえぎ、目は、白い布《ぬの》の顔にひらいた黒い穴《あな》のようになって、屋台《やたい》や陳列台《ちんれつだい》のあいだを、こけつまろびつしながら駆《か》けつづけます。どこかにかくれる場所はないものか。

人びとはどう考えてよいのかわかりませんでした。これは、人形遣《にんぎょうつか》いがしくんだ新《あら》手《て》の余興《よきょう》なのでしょうか。

みんなのざわめきがぴたりと止《や》みました。ムーア人のうしろから、踊《おど》り娘《こ》が走りでて、服をつかんでしがみつきながら、ひきずられてきたのです。「やめて。やめて。お願《ねが》い。だめ。あたしが頼《たの》むから。」

ムーア人は大声で笑《わら》いました。刀《かたな》でもって群衆《ぐんしゅう》をかきわけてすすんできて、ついにペトルーシュカを高い塀《へい》のところに追いつめました。「やめてぇ。」リューバが悲鳴《ひめい》をあげました。

ドサッ、ビリビリという音がして、半月刀《はんげつとう》はペトルーシュカのうすい胸板《むないた》に突《つ》き刺《さ》さりました。道化師《どうけし》はくたくたと地面にくずおれました。人びとはぞっとして、あとずさりました。リューバだけが、ペトルーシュカのそばに飛《と》んでゆき、そっと体をまさぐりました。でも、ペトルーシュカは死《し》んでいました。

「警察《けいさつ》を呼《よ》んで。」ひとりの女が叫《さけ》びました。「ひと殺《ごろ》しよ。ひと殺し。」

「ひと殺《ごろ》し？　なにをおっしゃる。」人形遣《にんぎょうつか》いのとんがり帽子《ぼうし》が笑《わら》いにゆれました。

「ひと殺しですと？　だれが殺されたとおっしゃいますかね、奥《おく》さん。」と、小さな布《ぬの》人形《にんぎょう》をつかみあげると、その胸《むね》の破《やぶ》れ目《め》からぼろぼろと木屑《きくず》がこぼれ落《お》ちました。

「布の人形をどうやって殺せるんです？　人形を殺すなどと。ははは。」

そのとき、ひとつの音が夜の空気をつんざきました。するどくぶきみな声に、サンクトペテルブルクの街全体《まちぜんたい》が息をのんだようでした。人びとの頭上《ずじょう》、はるか上、塀《へい》の上に――どんな綱《つな》わたり芸人《げいにん》よりもらくらくとおそれげなく――踊《おど》っているのは、まばゆく白い者《もの》の姿《すがた》で、それが両腕《りょううで》を空にさしのばしました。

「ペトルーシュカだ。」

「ペトルーシュカ。」

リューバは片手《かたて》を唇《くちびる》に、片手を自分の木屑《きくず》の心臓《しんぞう》にあてて、見あげました。「ああ、ペトルーシュカ、生きていたのね。」

そう、それはある意味《いみ》で真実《しんじつ》でした。少なくとも、彼《かれ》の幸《しあわ》せな魂《たましい》は自由《じゆう》になって

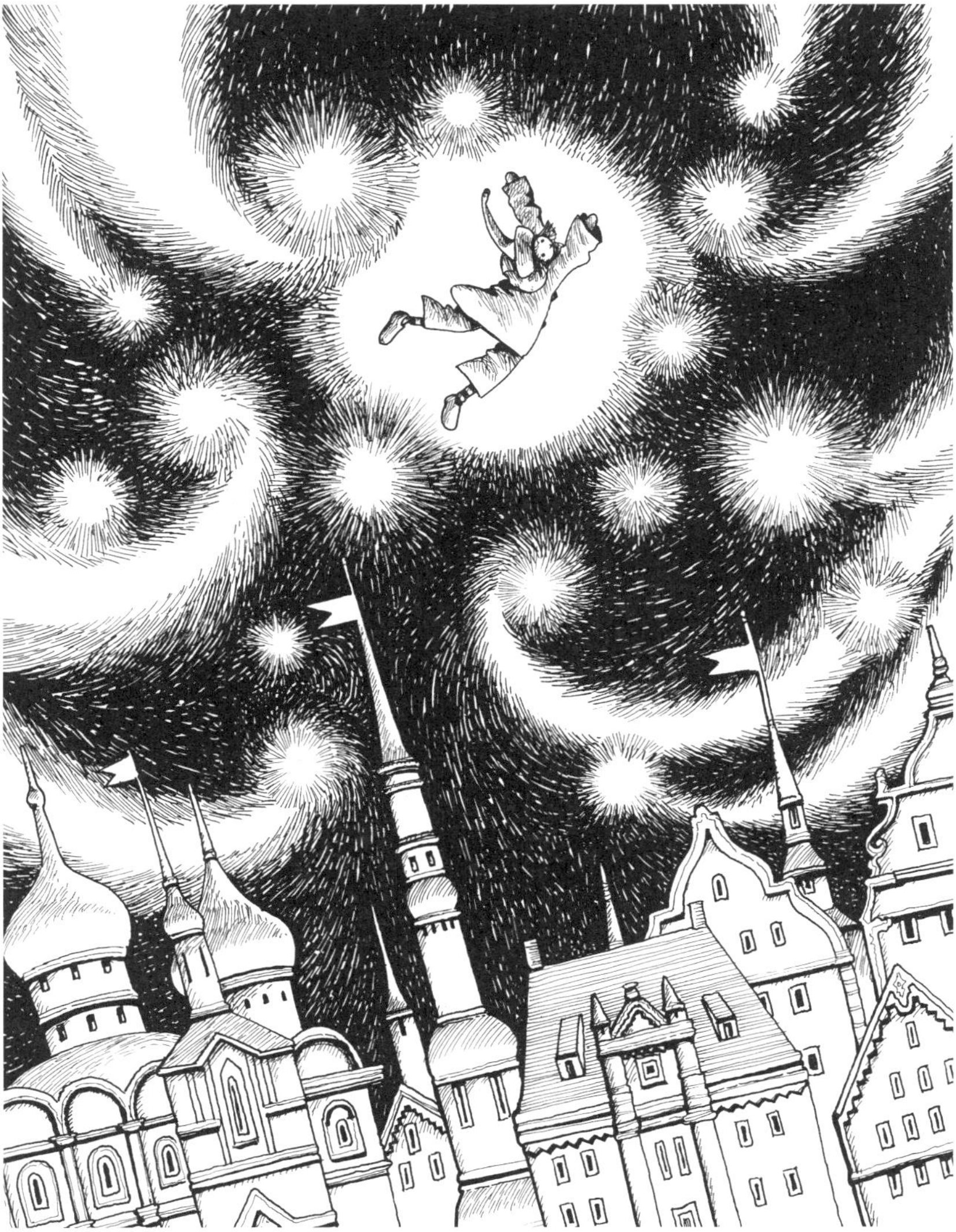

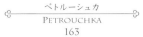

生きつづけ、とびはねていました。ひとが死んだあと、魂《たましい》が自由になり、星々《ほしぼし》や月や惑星《わくせい》のあいだで踊《おど》りつづけるように。

「幽霊《ゆうれい》がおれにうらみを晴《は》らしに出てきたんだ。」迷信《めいしん》ぶかいムーア人が、びくつきながら、泣《な》き声《ごえ》でいいました。

「あれはただの人形《にんぎょう》だった。そんなはずはない。」人形遣《にんぎょうつか》いはばかにしたようにいいながらも、ふるえていました。「人形がひとにたたれるものか。」

はたしてそうでしょうか。その言葉をお忘《わす》れにならぬよう。そう、あなたが席《せき》について、幕《まく》があがり、〈人生劇場《じんせいげきじょう》〉がはじまったときには。

THE SLEEPING BEAUTY

眠《ねむ》れる森の美女

THE SLEEPING BEAUTY

[登場人物]

オーロラ姫《ひめ》：〈あけぼの〉と名づけられた美しい姫君《ひめぎみ》。

カラボス：お祝《いわ》いに呼《よ》ばれず、オーロラ姫に呪《のろ》いをかけた妖精《ようせい》。

ライラックの妖精《ようせい》：オーロラ姫にかけられた呪いの効《き》き目《め》を弱める。

フロレスタン王：オーロラ姫《ひめ》の父。

シャルマン王子：森の宮殿《きゅうでん》の近くを通りかかる。

[場面]

オーロラ姫《ひめ》の洗礼式《せんれいしき》の日、多くの妖精《ようせい》たちがまねかれている。

むかし、ある国の王さまフロレスタンとお妃《きさき》さまのあいだに、姫君《ひめぎみ》がお生まれになりました。美しさではならぶものなく、幸《しあわ》せにかけてもひけをとらず、そしてあなたほどではないにせよ、たいそう愛《あい》されておられました。ご両親は姫君にはなんでもしてやりたいと思われ、それをさまたげるものはなにもありませんでした。おふたりはお金持ちで、豪華《ごうか》な宮殿《きゅうでん》に住み、森や野原の妖精《ようせい》とも知り合いでした。洗礼式《せんれいしき》では、虹色《にじいろ》の翼《つばさ》を生《は》やし、うすものをまとった妖精たちが踊《おど》り、姫君《ひめぎみ》は〈あけぼの〉という意味《いみ》のオーロラ姫と名づけられました。姫君こそは、すばらしい時代のはじまるしるしのように思われたからでした。

ほんとうのことをいえば、妖精《ようせい》がひとりだけ呼《よ》ばれていませんでした。でも、その妖精カラボスはかんしゃくをおこし、煙《けむり》となって国をすてていったので、何年も姿《すがた》がみえなかったのです。

やがて妖精《ようせい》たちはゆりかごのまわりで踊《おど》りだし、そのさまは、さまざまな色のかけらが織《お》りなす虹《にじ》のようでした。妖精たちは眠《ねむ》る子どもの上に魔法《まほう》の杖《つえ》をふって、美しさ、豊《ゆた》かさ、喜《よろこ》び、愛《あい》、しとやかさなどを贈《おく》りました。

そのとき、「わしもその子に贈《おく》り物《もの》があるぞよ。」と声がひびきました。

みると、顔に朱《しゅ》をそそぎ、翼《つばさ》を怒《いか》りにふるわせたカラボスです。「さて、姫君《ひめぎみ》。」と、カラボスは、きらきら光る贈《おく》り物《もの》のかたちをした呪《のろ》いを、ゆりかごのなかに投《な》げいれました。「おまえには欠《か》けるところがなく、どんな心もとりこにするかもしれぬが、それが命《いのち》とりになるだろう。指を突《つ》き刺《さ》して死ぬがよい。」

ほかの妖精《ようせい》たちは投《な》げこまれた黄金《おうごん》のつむ（糸をつむぐための道具）を、毒蛇《どくへび》かなにかのようにゆりかごからぬきとりました。そして窓《まど》から投《な》げ捨《す》てました。カラボスにむかって、おそろしい呪《のろ》いをとりけしてくれるようにたのみました。けれど、心の曲《ま》がったいばり屋の妖精《ようせい》は、自分が忘《わす》れられてまねかれなかったことに腹《はら》をたて、どれほどの涙《なみだ》にもうごかされませんでした。

「では、わたしがそなたのわざわいを打《う》ちやぶらねばなりませんね。」声とともに、ライラックの妖精《ようせい》が、カーテンのすきまからあらわれました。「そなたは自分の贈《おく》り物《もの》が最後《さいご》だと思ったのでしょうが、まだわたしが残《のこ》っていますよ。そなたの意地悪《いじわる》な魔法《まほう》を帳消《ちょうけ》しにすることはできませんが、効《き》き目《め》を弱めることはできます。姫君《ひめぎみ》は指

を刺《さ》しても死ぬことはありません。ただ百年間お眠《ねむ》りになります。おやすみのあいだに、妖精《ようせい》がさずけた美徳《びとく》はさらに大きくそだち、お目ざめのときには、今日《こんにち》みなが望《のぞ》んだ以上《いじょう》の幸《しあわ》せを得《え》られるでしょう。」

カラボスは怒《いか》りくるいました。足音もあらく出てゆき、そのうしろでは大扉《おおとびら》がつぎつぎと、宮殿《きゅうでん》の石のみならず、お客みんなの心をもふるわせるほどのすさまじい音をたててしまってゆきました。けれどカラボスが出てゆくと同時に、その存在《そんざい》は忘《わす》れ去《さ》られました。世《よ》の中《なか》のひとは、よこしまなものではなく、よいもの、愛《あい》すべきものだけをおぼえていたいと思うものです。

しかし、フロレスタン王はすべてのつむと紡《つむ》ぎ車《ぐるま》を王国から追放《ついほう》しました。オーロラ姫《ひめ》がまちがって指を刺《さ》すといけないからです。

十六年がたつうちに、オーロラ姫《ひめ》はおとぎ話そのもののような姫君《ひめぎみ》に育ちました。美しく、やさしく、会うひとすべてに愛《あい》され、教師《きょうし》たちはその才能《さいのう》を誇《ほこ》りにし、友だちはみんな姫といっしょにいたがりました。姫君《ひめぎみ》が踊《おど》るときには、どんな花も背伸《せの》びをして、窓《まど》からのぞきこもうとするほどでした。

世界《せかい》じゅうから王子たちがやってきました。うわさをきき、姫《ひめ》にあこがれてやってきたのですが、顔をあわせれば、だれでも姫君《ひめぎみ》を大好《だいす》きになりました。十六歳《さい》の誕生《たんじょう》日《び》には、四人の王子がお祝《いわ》いかたがた、フロレスタン王のもとに結婚《けっこん》を申《もう》しこみにやってきました。

「じかに、姫《ひめ》に申しこむがよい。」両親はいいました。「姫とははなれがたいが、姫にはこの小さな王国の外にも幸《しあわ》せの輪《わ》をひろげていってほしいし、幸せな結婚生活《けっこんせいかつ》を楽しんでもらいたい。」

そこでイギリスとスペインと、インドとフランスの王子はオーロラ姫《ひめ》のまえでふかぶかとおじぎをし、ダンスを申《もう》しこみました。そしてそれぞれが、自分こそは姫《ひめ》の心を得《え》たと信《しん》じました。

「わたしにだけあんなほほえみをみせてくれた。」

「わたしの手をほんとうにやさしくとってくださった。」

「愛《あい》に心が燃《も》えあがったように踊《おど》られた。」

「わたしの冗談《じょうだん》すべてを笑《わら》ってくださった。」

けれども、友だちやお客さまを愛想《あいそ》よくもてなすのは、オーロラ姫《ひめ》の性格《せいかく》でした。愛《あい》にあふれていても――だれかを特別《とくべつ》にいとおしく思うことはありませんでした。

それゆえ、姫君《ひめぎみ》は、灰色《はいいろ》ずくめのみなれぬ老婆《ろうば》が、なにかを抱《だ》きかかえて入ってきたときにも、やさしく声をかけました。「お姫さまへのお誕生日《たんじょうび》の贈《おく》り物《もの》ですじゃ。」老婆《ろうば》はしわがれ声でいいました。

「まえにお会いしたことがありますか。ご親切《しんせつ》に。今日《きょう》はどなたもほんとうによくしてくださいますわ。これはなんですの。」

生まれたばかりの赤《あか》ん坊《ぼう》ほどの大きさと軽さをしたそのものは、不吉《ふきつ》な黒い布《ぬの》につつまれていました。けれどもオーロラ姫《ひめ》があけてみますと、まばゆい輝《かがや》きとともに、ふわふわの金色《きんいろ》の羊毛《ようもう》がまきついた、するどい銀色《ぎんいろ》の針《はり》があらわれました。

「オーロラ、それにさわらないで。」母のお妃《きさき》が叫《さけ》びました。

「あっ、指を刺《さ》してしまったわ。だれかこれを受けとって。きれいな羊毛《ようもう》に血《ち》がついてしまう。」

ふいに部屋じゅうがぐらぐらゆれて、床《ゆか》がもちあがり、天井《てんじょう》がぐうっとさがってくるような気がしました。

「ああ、疲《つか》れた。」オーロラ姫《ひめ》はばったりとたおれました。たおれないように手をつくひまもなく、深《ふか》い眠《ねむ》りにおちこんでいました。

「カラボス、そなたの悪《わる》だくみはフェアリーランドの恥《はじ》さらしです。これからはだれもそなたの名を呼《よ》ばない。そなたの行《ゆ》く手《て》にほほえむものはいない。永久《えいきゅう》にここから去《さ》るのです。」老婆《ろうば》に化《ば》けていたカラボスの目のまえには、一瞬《いっしゅん》、ライラックの妖精《ようせい》が立ちふさがり、カラボスは怒《いか》りに足をふみならすなり、姿《すがた》を消《け》してしまいました。

王さまとお妃《きさき》さまはむせび泣《な》いていました。四人の王子は剣《けん》をぬいています。友人たちは姫《ひめ》の上にかがみこみましたが、目をさまさせることはできませんでした。「ベッドに運《はこ》ぶのです。」ライラックの妖精《ようせい》が命《めい》じました。「呪《のろ》いのさだめを忘《わす》れたのですか。姫君《ひめぎみ》は百年間、眠《ねむ》りつづけるのです。」

「それでは死《し》んだも同然《どうぜん》ではないか。姫の笑顔《えがお》も踊《おど》る姿《すがた》も、もう、われわれはみることができぬのだから。姫が目をさますずっとまえに、みんな死にたえているだろう。」

王さまが涙声《なみだごえ》でいいました。

けれども、ライラックの妖精《ようせい》は、オーロラ姫《ひめ》ひとりだけを、夢《ゆめ》のない眠《ねむ》りにおとして、命《いのち》を救《すく》うつもりではありませんでした。家臣《かしん》や侍女《じじょ》や王子たちや客人《きゃくじん》、そして王さまお妃《きさき》さまの頭上《ずじょう》にも、杖《つえ》をふりうごかしました。するとみんなは、ひとり、またひとりと、立ったまま、すわったまま、あるいは横になったまま、また膝《ひざ》をついた姿《し》

勢《せい》のまま、枯葉《かれは》が枝《えだ》からはなれて、地面に散《ち》り落《お》ちるように、眠《ねむ》りこんでゆきました。

フロレスタン王の宮廷《きゅうてい》の人びとが眠りこむと同時に、宮殿《きゅうでん》をかこむ生《い》け垣《がき》が生《お》い茂《しげ》ってゆきました。木やイバラや茂《しげ》みが、ライラックの妖精《ようせい》が杖《つえ》をふりうごかすとともに、大地から生《お》い育《そだ》ってきたのです。生け垣は宮殿の階段《かいだん》をおおい、宮殿の窓《まど》をかくし、高い塔《とう》にかぶさりました。てっぺんの枝《えだ》は、タイルぶきの屋根《やね》を守るように枝をひろげてゆき、建物《たてもの》ぜんぶがツタやイバラにおおわれてしまいました。緑がびっしりと重《かさ》なりあい、旅人が近くを通りかかっても、その奥《おく》に宮殿《きゅうでん》があることはわかりません。

もちろん近くの村のひとたちは、宮殿《きゅうでん》のことを知っていました。王さま、お妃《きさき》さま、そして姫君《ひめぎみ》が、魔法《まほう》の木々《きぎ》が織《お》りなす壁《かべ》のどこかにおられることも。はじめは、その話題《わだい》でもちきりでした。村人は、そのことばかり考えていました。なかに入ろうとしても、うまくいかず、棘《とげ》が針《はり》のようにするどくて、通りぬけられなかった、といいました。

でも、豚《ぶた》を育てたり、麦《むぎ》を穫《と》りいれたり、羊《ひつじ》の毛を刈《か》ったり、屋根《やね》をなおしたりと、仕事に追われて何年かたつうちに、人びとは世《よ》にもふしぎなこのできごとを忘《わす》れてゆ

きました。フロレスタン王や家来《けらい》たちや愛《あい》らしい姫君《ひめぎみ》をみたことのあるものも、しだいに年をとって亡《な》くなっていきました。

六、七十年がすぎると、森のなかの宮殿《きゅうでん》は伝説《でんせつ》になり、魔法《まほう》にかけられて眠《ねむ》る美女の物語は、おとぎ話になって、信《しん》じるものもほとんどいなくなりました。

オーロラ姫《ひめ》の十六歳《さい》の誕生日《たんじょうび》からきっかり百年がたったとき、シャルマンという名の若《わか》い王子が仲間《なかま》をつれて、道を通りかかりました。森のなかを散歩《さんぽ》したら、さぞ気持ちがよいだろうと思ったのです。木々《きぎ》のあいだに突然《とつぜん》、なにかがちらりとうごきました。

「鹿《しか》だ。」王子のとりまきがいいました。「あいつをしとめよう。」

みんなはすぐ乗《の》り気《き》になりましたが、シャルマン王子だけは狩《か》りをする気になれませんでした。ぼうぼうと茂《しげ》った草のなかに、仲間《なかま》が駆《か》けこんでいったあと、王子はぽつんととりのこされました。「なぜ、こんなふしぎな心持《こころも》ちがするんだろう。胸《むね》がどきどきしてきた。」

「森のまんなかには宮殿《きゅうでん》があるといいます。」声がしました。

「だれだ？　どこからきた？　いままでおまえに気づかなかったが。」

「そして宮殿《きゅうでん》のまんなかには部屋がひとつ。」ライラック色の服を着た娘《むすめ》がいいました。「部屋のまんなかにはベッドがひとつ。」

「ベッドのなかには？」

「美しい姫君《ひめぎみ》が眠《ねむ》っています。」

王子は勇《いさ》みたって、おいしげる緑の壁《かべ》のなかを突《つ》きすすんでゆきました。ツタがからまり、イバラがもつれ、木の幹《みき》が立ちふさがり、そして足の下はすべりやすい苔《こけ》です。「おまえはこのあたりを知っているのか。道を教えてくれないか。通りぬける道はあるのか。」王子はすがるようにたずねました。

「あなたにだけは道がひらけます。きっと。」ライラック色の服の娘《むすめ》は答えると、先にアザミの花のついた茎《くき》をなにげなさそうに折《お》りとると、それをかざして、草ぼうぼうのなかをすすんでゆきましたが、草の棘《とげ》（針《はり》のようにするどいのですが）が、ライラック色の服や、顔や手をひきさくことはありませんでした。

突然《とつぜん》、王子の長靴《ながぐつ》が階段《かいだん》にぶつかります。のぼってゆくと、苔《こけ》にかざられたアーチの通路《つうろ》がありました。なかのどんな扉《とびら》にも錠《じょう》はかかっていません。声をかける衛兵《えいへい》も

いません。蠟燭《ろうそく》はすべて、蠟燭受けのなかで燃《も》えつき、暖炉《だんろ》の火格子《ひごうし》にはふっさりと灰《はい》がつもっています。

扉《とびら》のまえ、通路、椅子《いす》の上、いたるところにひとが眠《ねむ》っています。けれどもライラック色の服の娘《むすめ》は目もくれずに、王子の先に立って、宮殿《きゅうでん》のまんなかにある寝室《しんしつ》へとすすんでゆきました。蜘蛛《くも》の巣《す》ひとつかかっていない、雪のようなベッドのなかには、乙女《おとめ》が眠《ねむ》っていました。はなやかなパーティのドレスに身《み》をつつみ、美しい顔はキスをまつかのように、うっすらあおむいていました。

知らない娘《むすめ》に、しかも魔法《まほう》の宮殿《きゅうでん》のなかで眠《ねむ》りこんでいる娘《むすめ》にキスをするのは、ふつうのことではありません。けれども王子は、どうしてもそうせずにはいられませんでした。シャルマン王子のこれまでの生涯《しょうがい》は、今日《きょう》という日の、この特別《とくべつ》なキスのためにあったかのように思われました。

唇《くちびる》がふれあったとき、姫《ひめ》の目がぱっちりひらいて、王子の運命《うんめい》はさだまりました。眠《ねむ》り姫《ひめ》は眠っていたときよりも、なかば夢見心地《ゆめみごこち》のいまのほうが、はるかに美しかったのです。

姫君《ひめぎみ》は身《み》じろぎしました。足をそっと床《ゆか》につけ、あたりをみまわしました。パー

ティはいったいどうなったのでしょう。けれども、それほど遠くまでみまわすこともありませんでした。シャルマン王子の顔から目がはなせなくなったからです。このひとがわたしにキスを？　あつかましくも勝手《かって》に？　でも、王子がもう一度キスしてくれなかったら、胸《むね》がはりさけそうな気がします。

宮殿《きゅうでん》のあちこちで、家臣《かしん》や侍女《じじょ》たちがのびをし、あくびをし、こわばった首をこすりながら、誕生日《たんじょうび》パーティのさいちゅうに、自分はいったいどうして眠《ねむ》ってしまったのだろう、といぶかっていました。それから、わけを思いだしました。王さま、お妃《きさき》さまは、思いだすとともに、抱《だ》きあいました。眠《ねむ》りこんで、百年後に目をさますのは、なんともふしぎな気持ちでした。

「わたしはしわだらけのおばあさんかしら。」お妃《きさき》さまはたずねました。

「まさか……わしが最後《さいご》にそなたをみたときのままだとも。一時間も、いや一分も年をとったようにはみえないぞ。」王さまがいいました。

オーケストラが楽器《がっき》をかなではじめました――一世紀《せいき》たったいまでも、弦《げん》はくるっていませんでした。

魔法《まほう》がやぶれたのです。宮殿《きゅうでん》のまわりの木々《きぎ》は、まるでクレマチスが冬に枯《か》れ落《お》ちるように、消《き》え去《さ》りました。イバラは、ぎざぎざの霜《しも》のようにとけました。びっしりしげった葉《は》は百万もの緑の小鳥のように、雲《くも》ひとつない空へと飛《と》び去《さ》っていきました。

フェアリーランドのすべての妖精《ようせい》が、洗礼式《せんれいしき》のときと同様《どうよう》に、結婚式《けっこんしき》にもよばれました。自分のまいた悪《あく》の種《たね》が、幸運《こううん》に変《か》わったのをみせるため、カラボスも招待《しょうたい》されることになりました。しかし、王国じゅうを、さらに王国の外をさがしても、カラボスの姿《すがた》はみあたりませんでした――かつて彼女《かのじょ》の蜘蛛《くも》の巣《す》のハンモックがかかっていたところには、苦《にが》いアロエが何本か生《は》えているだけでした。

まさしく妖精《ようせい》たちに祝福《しゅくふく》された結婚式《けっこんしき》にふさわしく、おとぎ話の主人公《しゅじんこう》たちもお客によばれてきていました。親指《おやゆび》トム、長靴《ながぐつ》をはいたネコ、赤ずきん、美女と野獣《やじゅう》。結婚式と舞踏会《ぶとうかい》がすんだあと、このひとたちは、自分たちの物語《ものがたり》を語りだしました。千もの燭台《しょくだい》にあらたな蠟燭《ろうそく》がともされて、ほかのお客たちはうっとりと耳をかたむけました。ただオーロラ姫《ひめ》とシャルマン王子だけは、いつまでもつづく愛《あい》の魔法《まほう》にとらえられたまま、踊《おど》りつづけていました。

訳者解説《やくしゃかいせつ》

白百合女子大学教授　井辻朱美《いつじあけみ》

この本は、古典《こてん》バレエの名作をとりそろえた物語集《ものがたりしゅう》ですが、じつはたいへんユニークな特徴《とくちょう》をもっています。これまでに出た「バレエ物語」の多くは、バレエのもととなった伝説《でんせつ》や物語を紹介《しょうかい》しています。でもこの本は、バレエの舞《ぶ》台《たい》そのものを目の前にうかびあがらせる形で、物語の流れを追っていきます。

もちろん演出《えんしゅつ》によってちがいはあるのですが、だいたい、オーソドックスな舞台上演《ぶたいじょうえん》に近いと思ってください。

主人公《しゅじんこう》たちが「踊《おど》っている」シーンが、物語のあちこちで、ありありと目の前にうかんできます。これは実《じつ》に新鮮《しんせん》でした。観《み》たことのある演目《えんもく》なら、音楽とともに、脳内再現《のうないさいげん》ができてしまいます。

しかも言葉がないバレエなのに、主人公たちの気持ちがきちんと伝《つた》わってきます。

たとえば『くるみわり人形』の主人公《しゅじんこう》の少女クララは、ここはこんな気持ちで、あそこはこう思って、「踊《おど》って」いたのだ、と、わかります。衣装《いしょう》もかわいく再現《さいげん》されています（当然《とうぜん》ですが、E・T・A・ホフマンによる原作には、この少女――原作ではマリー――の踊《おど》るシーンは、ありません）。

著者《ちょしゃ》ジェラルディン・マコックランはほんとうにバレエが好《す》きらしく、しかけ絵本『くるみわり人形《にんぎょう》』もつくっています。

全体を訳《やく》してみて思うのですが、マコックランは、自分がバレエの舞台監督《ぶたいかんとく》になったようなつもりで、本書の十本のバレエを演出《えんしゅつ》してみせたのではないでしょうか。原作だけの要素《ようそ》をかくし味《あじ》に入れながらも、なによりもはなやかな舞台《ぶたい》の雰囲気《ふんいき》をお楽しみいただける、そんなぜいたくな一冊《さつ》です。

《それぞれの作品について》

というところで各作品《かくさくひん》の裏側《うらがわ》をすこしご紹介《しょうかい》しましょう。

『白鳥の湖《みずうみ》』（チャイコフスキー作曲、一八七七年）はあとに出てくる『ジゼル』『ラ・シルフィード』とともに三大バレエ・ブラン（白いバレエ）といわれ（ややこしいのですが、『眠《ねむ》れる森の美女』『くるみわり人形《にんぎょう》』とあわせて、三大バレエといわれることもあります）、メランコリックな美しい音楽は、だれでもきいたことがあるのではないでしょうか。ドイツのメルヘンがもとになっていますが、白鳥に変《か》えられた乙女《おとめ》というテーマは「白いバレエ」にぴったりです。第二幕《まく》の夜の湖畔《こはん》での白鳥たちのたおやかな踊《おど》り、そして三幕で黒鳥《こくちょう》のオディール（オデットと二役を兼《か》ねることが多い）が王子を惹《ひ》きつけようとして技《わざ》の極致《きょくち》を尽《つ》くす三十二回転の踊りも有名《ゆうめい》です。最後《さいご》の手に汗握《あせにぎ》る結末《けつまつ》は、ハッピーエンドの演出《えんしゅつ》とそうでない演出があり、上演《じょうえん》によって異《こと》なります。マコックランは今回、後者を採用《さいよう》しているようですが、初演《しょえん》もそちらのほうでした。

『コッペリア』（ドリーブ作曲、一八七〇年）は、『くるみわり人形《にんぎょう》』とともに、ドイツの幻想文学《げんそうぶんがく》作家ホフマンの作品がもとになっています。原作は「砂男《すなおとこ》」という短編《たんぺん》で、そのなかに偏屈《へんくつ》な学者が造《つく》りあげた人形《にんぎょう》オリンピアが出てきます。みごとに踊《おど》ったり歌ったりするこの令嬢《れいじょう》を、ほかのひとはなんだか人形みたい、と思うのですが、ふしぎな携帯望遠鏡《けいたいぼうえんきょう》を売りつけられた主人公《しゅじんこう》の青年の目には生《い》き生《い》きした女性《じょせい》に見え、恋《こい》をしてしまいます。彼《かれ》は、最後《さいご》に人形《にんぎょう》が壊《こわ》れてしまったのを見て、「自動人形《オートマタ》だったのか」と、叫《さけ》んでたおれます。オペラ『ホフマン物語』（オッフェンバック作曲、一八八一年）のほうは、ほぼこの原作にそって作られていて、オリンピア役《やく》のコロラトゥーラ・ソプラノが、「人形振《にんぎょうぶ》り」（人形のふりをする趣向《しゅこう》）で踊《おど》りながら歌う、機械仕掛《きかいじか》けを思わせる難曲《なんきょく》があります。

バレエの『コッペリア』のほうは、ずっと明るく楽しいメルヘンになっています。こちらでは人形自体《にんぎょうじたい》はうごきませんが、スワニルダが人形になりかわって踊《おど》ります。ほかの機械《きかい》じかけのおもちゃたちがうごきだす見所《みどころ》のシーンもふくめ、この「人形振《にんぎょうぶ》り」という趣向《しゅこう》は、舞踊《ぶよう》の世界《せかい》では人気がありますね。日本舞踊にも、『京人形《きょうにんぎょう》』や『櫓《やぐら》のお七《しち》』という演目《えんもく》がありますし、あとで出てくる『ペトルーシュカ』もそうです。

『ジゼル』（アダン作曲、一八四一年）はハイネが取材《しゅざい》したオーストリアの伝《でん》説《せつ》がもとになっています。月明かりに乙女《おとめ》たちの霊《れい》が踊《おど》るという美しく幻想的《げんそうてき》な舞台《ぶたい》なのですが、生前《せいぜん》に踊りたりなくて亡《な》くなったひとたちなので、その踊りはときに執着《しゅうちゃく》にみちて狂《くる》おしく、生きた人間をからめとる「死の踊り」にもなってゆきます。第一幕《まく》で素朴《そぼく》な村娘《むらむすめ》の踊《おど》りを見せていたジゼルは、恋人《こいびと》の裏《うら》切《ぎ》りを知り、一転《いってん》、激《はげ》しい錯乱《さくらん》のすえに命《いのち》を落とします。ここも目が離《はな》せないところです。しかしながら、二幕で妖精《ようせい》の女王《じょおう》に呼《よ》びさまされた彼女《かのじょ》はこの世《よ》のものならぬ霊《れい》としてポアント（トウ《つまさき》で立つ）を多用《たよう》し、そのはかなげな踊りに、死してなお褪《あ》せぬ愛《あい》の深《ふか》さを見せます。恋人《こいびと》をひとすじに思うジゼルの気持ちに、著者のマコックランは寄《よ》りそってゆきます。

『シンデレラ』（プロコフィエフ作曲、一九四五年）も、原作はグリムやペローの童話集《どうわしゅう》をふくめて世界中《せかいじゅう》に語りつたえられているお話です。バレエはもとより、数多くのジャンルに作りかえられ、オペラ（ロッシーニやマスネ）や、児童文学《じどうぶんがく》（ファージョンの『ガラスのくつ』）、そしてもちろんディズニー・アニメにもなっています。最近《さいきん》では、御者《ぎょしゃ》や従者《じゅうしゃ》への動物の変身《へんしん》が楽しい実写版《じっしゃばん》映画《えいが》（二〇一五年）もつくられていますね。

バレエの作品には、さまざまな振《ふ》り付《つ》けがありますが、やはり人気があるのはふたりの継姉《ままあね》のおたがいどうしの角突《つのつ》き合《あ》いをふくめて、ちょっとコミカルなシーンと、カエルやネズミのマスクをかぶった動物たちの踊《おど》りでしょうか。

『ラ・シルフィード』（シュナイツホーファ作曲、一八三二年）はこの本の中で、いちばん古いバレエです。舞台《ぶたい》もスコットランドなので、男性《だんせい》はタータンチェックにキルトという古式《こしき》ゆかしい姿《すがた》で踊《おど》ります。初演《しょえん》のシルフィード役《やく》、マリー・タリオーニは、はじめてトウで立って踊ったことでも知られています。そこから「白いバレエ」独特《どくとく》の、この世《よ》のものならぬ空気感《くうきかん》がはじまったといえます。

『くるみわり人形《にんぎょう》』（チャイコフスキー作曲、一八九二年）は『コッペリア』と同じくホフマンの原作ですが、デュマの翻訳《ほんやく》版に基《もと》づいている部分《ぶぶん》もあって、さまざまなお茶《ちゃ》やお菓子《かし》に彩《いろど》られています。チョコレートはスペイン、コーヒーはアラビア、お茶は中国、それにトレパック（大麦糖《おおむぎとう》）はロシア、タルト（お菓子ではなくて葦笛《あしぶえ》の意味もあります）はフランスと、それぞれの国の踊りを有名《ゆうめい》な音楽にあわせて踊《おど》ります。マコックランのこの物語に登場するシュガープラムの精《せい》は、一般的《いっぱんてき》にいわれる「金平糖《こんぺいとう》の精」でしょう。バレエでは、くるみわりの王子とふたりでクライマックスの踊《おど》り、パ・ド・ドゥを踊ります。

ところで、原作には、お菓子《かし》の国が実《じつ》は一夜《いちや》の夢《ゆめ》ではなかった、というラストのどんでん返《がえ》しがあってびっくりさせられます。幻想《げんそう》の世界《せかい》と現実《げんじつ》が、最後《さいご》にさりげなく入《い》れかわるのです。少女はお菓子《かし》の国に迎《むか》えいれられて、お妃《きさき》さまになります。この凝《こ》った原作もぜひ読んでみてください。

バレエにも、いろいろな演出《えんしゅつ》がありますが、わりあい原作《げんさく》寄りなのがピーター・ライトによるものです。今回のマコックラン・バージョンも、ほんとうは身近《みぢか》なひとだったくるみわり人形《にんぎょう》という趣向《しゅこう》で、ちょっとそれに近いかもしれません。

『ロメオとジュリエット』（プロコフィエフ作曲、一九三六年）の原作としては、シェイクスピアの劇《げき》がもっとも知られています。かたき同士《どうし》の家の息子《むすこ》と娘《むすめ》が愛《あい》しあう悲劇《ひげき》です。

この物語もいろいろな小説《しょうせつ》に再話《さいわ》されていますが、訳者《やくしゃ》のお気に入りは、ファンタジー作家タニス・リーが、バレエのケネス・マクミラン演出《えんしゅつ》をもとに書いた『影《かげ》に歌えば』（一九八三年）です。マクミラン演出では、重々《おもおも》しく典《てん》雅《が》な舞踏会《ぶとうかい》のシーン、愛《あい》らしい小鳩《こばと》のようなジュリエットの登場《とうじょう》、ティボルトの死の場面の剣戟《けんげき》アクションの激《はげ》しさと、キャピュレット夫人《ふじん》の慟哭《どうこく》など、どの場面《ばめん》もドラマティックな力にあふれ、有名《ゆうめい》なバルコニーのシーンでは、上と下からさしのべあうふたりの手のせつなさがなんともいえません。プロコフィエフの音楽は強烈《きょうれつ》で色彩感《しきさいかん》がゆたかなので、舞台《ぶたい》を離《はな》れて、オーケストラだけでもよく演奏《えんそう》されます。なお、バーンスタイン作曲の『ウエストサイド物語』（一九五七年）は、『ロメオとジュリエット』を下敷《したじ》きにつくられたミュージカルとして知られています。

『火の鳥』（ストラヴィンスキー作曲、一九一〇年）はロシアの民話《みんわ》をもとにしたもの、『ペトルーシュカ』（ストラヴィンスキー作曲、一九一一年）もロシアのカーニヴァルの人形劇《にんぎょうげき》がテーマです。どちらも二十世紀初頭《せいきしょとう》のバレエ・リュス（ロシア・バレエ団《だん》）のプロデューサーのディアギレフに依頼《いらい》されて、ストラヴィンスキーが作曲したもので、『春の祭典《さいてん》』とあわせて、彼《かれ》の三大バレエ音楽といわれています。

『火の鳥』の主人公《しゅじんこう》は、ヒロインの王女ではなく、真《ま》っ赤《か》な衣装《いしょう》の力強い火の鳥です。暗《くら》い森を舞台《ぶたい》にした、さながらロシア工芸品《こうげいひん》のパレフ塗《ぬ》りのような神《しん》秘的《ぴてき》な味《あじ》わいの舞台で、バレエ・リュスのこの上演《じょうえん》を見た手塚治虫《てづかおさむ》が、妖怪《ようかい》たちを蹴散《けち》らすダイナミックな火の鳥の踊《おど》りと、王子に一枚《まい》の羽根《はね》を手渡《てわた》すシーンに感銘《かんめい》を受けて、あの大作《たいさく》「火の鳥」のシリーズを思いついたのだそうです。

『ペトルーシュカ』の主人公《しゅじんこう》は、ロシアの伝統的《でんとうてき》な人形劇《にんぎょうげき》のキャラクターですが、バレエ作品では道化《どうけ》の悲痛《ひつう》な「魂《たましい》」の叫《さけ》びがテーマになっています。三体の人形《にんぎょう》のこっけいな「人形振《にんぎょうぶ》り」とともに、奇怪《きかい》な音楽（ペトルーシュカ和音）も一度聞いたら忘《わす》れられないものです。

訳者《やくしゃ》はこの話を子どものときに、偕成社《かいせいしゃ》の『バレエ物語』（伊藤佐喜雄《いとうさきお》・編《へん》著《ちょ》）で読み、虜《とりこ》になってしまいました。人形《にんぎょう》の幽霊《ゆうれい》が出る最後《さいご》の場面です。いまの版《はん》ではやさしい言葉に書きあらためられていますが、初版《しょはん》ではこんなふうでした。「一天《いってん》たかくこだまして、この世《よ》のものとはおもえない、するどいさけび声がひびいたのです。びっくりぎょうてんした見《み》せもの師《し》が、ひょいとふりあおぎますと、小屋のやねの上に、のたうちまわっている、いようなすがたが見えました。なんと、それは、ペトルシカのゆうれいではありませんか。つめたい人の心、なさけない世のなかにたいして、うらみをこめた目の光り、むねんの形相《ぎょうそう》。」

「東京バレエ団創立《だんそうりつ》五〇周年祝祭《しゅくさい》ガラ二〇一四」でウラジミール・マラーホフ主演《しゅえん》の舞台《ぶたい》を見たときに、まざまざとこのくだりがよみがえったのを思いだします。ほかのふたりの人形《にんぎょう》とはちがって、くたくたに力の抜《ぬ》けたペトルーシュカの手足は「人形振《にんぎょうぶ》り」の滑稽《こっけい》さを超《こ》えた無力感《むりょくかん》、悲愴感《ひそうかん》をただよわせ、ラストの暗転《あんてん》まで目が離《はな》せませんでした。

そして最後《さいご》の『眠《ねむ》れる森の美女』（チャイコフスキー作曲、一八九〇年）。これまた知らないひとのいない幸《しあわ》せなおとぎ話です。だれも近づけぬものに守《まも》られて眠《ねむ》りつづける乙女《おとめ》を、英雄《えいゆう》がめざめさせる神話《しんわ》は、炎《ほのお》につつまれて眠《ねむ》るワルキューレ（戦乙女《いくさおとめ》）のブリュンヒルデの物語として、もともと北欧系《ほくおうけい》の神話にありました。そこではじめは炎だったものが、時がたつうちに、森に変《か》わっていったようです。

バレエでは宮廷《きゅうてい》が舞台《ぶたい》であるだけに全体に華《はな》やかで、たとえば一幕《まく》で、異国《いこく》の四人の王子に求婚《きゅうこん》されて、ういういしくそれを受《う》けるオーロラ姫《ひめ》の「ローズ・アダージョ」は難易度《なんいど》も高く、あでやかな場面です。しかしなんといっても、最後《さいご》のお祝《いわ》いの場面で、青い鳥や赤ずきんちゃん、シンデレラなど、ペローの昔話の主人公《しゅじんこう》たちが出てきて踊《おど》る楽しさは、このバレエならではですね。こうして書いていているうちに、舞台《ぶたい》のようすが目にうかんできてしまいました。

《著者ジェラルディン・マコックランのこと》

ジェラルディン・マコックランは一九五一年生まれのイギリスの児童文学作《じどうぶんがくさっ》家《か》で、ひねりのきいた深《ふか》みのあるファンタジーをいくつも書いています。

『不思議《ふしぎ》を売る男』（一九九八年、原書初版年・以下同じ）は、骨董家具店《こっとうかぐてん》にふらりとあらわれた男が、それぞれの家具《かぐ》に由来《ゆらい》をあたえて、その物語の力で家具を売ってゆく物語。

『ジャッコ・グリーンの伝説《でんせつ》』（一九九九年）では、おまえはジャッコ・グリーン（伝説上の「緑の男」）だ、といわれた少年が、イギリスの土着《どちゃく》の妖精《ようせい》、妖《よう》怪《かい》たちに追われながら、その根源《こんげん》たる「生まれくるもの」を退治《たいじ》しにゆきます。ここにあらわれる妖精たちは、電子《でんし》ゲームの中のすっきりとデータ化《か》された怪《かい》物《ぶつ》たちとはちがってえたいが知れず、最後《さいご》まで重苦《おもくる》しい余韻《よいん》をひきずります。

『ピーターパン・イン・スカーレット』（二〇〇六年）は、あの『ピーターパンとウェンディ』の続編《ぞくへん》、『ペッパー・ルーと死の天使《てんし》』（二〇〇九年）では、十四歳《さい》で死ぬ運命《うんめい》を予言《よげん》されていた少年が、死の天使から逃《に》げるために船出《ふなで》する奇想天外《きそうてんがい》な冒険《ぼうけん》物語。船長になったり、店員になったり、メッセンジャーボーイになったり、外人部隊《がいじんぶたい》に入ったり……。

ちなみに、わたしのいちばん好《す》きな作品は『ホワイト・ダークネス』（二〇〇五年）です。南極《なんきょく》に熱中《ねっちゅう》する思春期《ししゅんき》の少女シムの頭の中に、歴史上《れきしじょう》の南極探検隊《なんきょくたんけんたい》の英雄《えいゆう》オーツ大尉《たいい》が住みついてしまいます。シムは、「地球空洞説《ちきゅうくうどうせつ》」を信《しん》じるおじさんの陰謀《いんぼう》で南極につれてゆかれて遭難《そうなん》しかかります。ホワイト・ダークネス（白い闇《やみ》）の極限《きょくげん》の世界《せかい》の中で、「きみの痛《いた》みを自分にくれ」と、彼女《かのじょ》を励《はげ》まし、導《みちび》くオーツ大尉《たいい》の声。「なぜならわたしは、きみをそれほど愛《あい》するものだから。きみが生きていても死んでいても、心にかける者《もの》だから。」

どの作品も、ふしぎな設定《せってい》と、それをとりまく、逆《ぎゃく》にリアルな現実的《げんじつてき》な描写《びょうしゃ》が物語をぶあつくしています。そして最後《さいご》には微妙《びみょう》などんでん返《がえ》しが……。

ぜひ何冊《なんさつ》か読んでみてほしいと思います。

［著者］

ジェラルディン・マコックラン

Geraldine McCaughrean

1951年、イギリスに生まれる。出版社につとめたのち、作家となる。おもな作品に『ジャッコ・グリーンの伝説』『空からおちてきた男』『シェイクスピア物語集』『ペッパー・ルーと死の天使』など。『不思議を売る男』でカーネギー賞とガーディアン賞を同時受賞。

［訳者］

井辻朱美

いつじあけみ

1955年、東京都に生まれる。白百合女子大学教授、作家、歌人、翻訳家。著書に『風街物語』『ファンタジー万華鏡』、歌集に『クラウド』、訳書に『影の王』『妖精王の月』『アーサー王ここに眠る』『指輪物語の図像世界』『孤児の物語』「エリアナンの魔女」シリーズなど多数。

［画家］

ひらいたかこ

1980年、絵本『ある朝ジジ・ジャン・ボウはおったまげた?!』でデビュー。書籍を中心にグッズ、カレンダー、CDジャケットなど、多ジャンルにわたり活躍。ミステリ文庫のカバーイラストの仕事も多い。画集に『魔女の隠れ家』など児童書のさし絵に『シェイクスピア物語集』など多数。

バレエ物語集

NDC933
偕成社　193P.　22cm
ISBN978-4-03-540530-6

バレエ物語集

2016年11月1刷　2022年9月3刷

著者　ジェラルディン・マコックラン
訳者　井辻朱美
画家　ひらいたかこ
発行者　今村正樹
発行所　株式会社 偕成社
http://www.kaiseisha.co.jp
〒162-8450 東京都新宿区市谷砂土原町 3-5
TEL：03-3260-3221（販売）　03-3260-3229（編集）

印刷所　中央精版印刷株式会社
　　　　小宮山印刷株式会社
製本所　株式会社常川製本

本のご注文は電話・ファックスまたは E メールでお受けしています。
TEL：03-3260-3221　FAX：03-3260-3222　e-mail：sales@kaiseisha.co.jp
落丁本・乱丁本はお取りかえいたします。